LE CHÂTEAU DES DÉSERTES

GEORGE SAND

NOTICE

Le Château des Désertes est une analyse de quelques idées d'art plutôt qu'une analyse de sentiments. Ce roman m'a servi, une fois de plus, à me confirmer dans la certitude que les choses réelles, transportées dans le domaine de la fiction, n'y apparaissent un instant que pour y disparaître aussitôt, tant leur transformation y devient nécessaire.

Durant plusieurs hivers consécutifs, étant retirée à la campagne avec mes enfants et quelques amis de leur âge, nous avions imaginé de jouer la comédie sur scénario et sans spectateurs, non pour nous instruire en quoique ce soit, mais pour nous amuser. Cet amusement devint une passion pour les enfants, et peu à peu une sorte d'exercice littéraire qui ne fut point inutile au développement intellectuel de plusieurs d'entre eux. Une sorte de mystère que nous ne cherchions pas, mais qui résultait naturellement de ce petit vacarme prolongé assez avant dans les nuits, au milieu d'une campagne déserte, lorsque la neige ou le brouillard nous enveloppaient au dehors, et que nos serviteurs même, n'aidant ni à nos changements de décor, ni à nos soupers, quittaient de bonne heure la maison où nous restions seuls; le tonnerre, les coups de pistolet, les roulements du tambour, les cris du drame et la musique du ballet, tout cela avait quelque chose de fantastique, et les rares passants qui en saisirent de loin quelque chose n'hésitèrent pas à nous croire fous ou ensorcelés.

Lorsque j'introduisis un épisode de ce genre dans le roman qu'on va lire, il y devint une étude sérieuse, et y prit des proportions si différentes de l'original, que mes pauvres enfants, après l'avoir lu, ne regardaient plus qu'avec chagrin le paravent bleu et les costumes de papier découpé qui avaient fait leurs délices. Mais à quelque chose sert toujours l'exagération de la fantaisie, car ils firent eux-mêmes un théâtre aussi grand que le permettait l'exiguïté du local, et arrivèrent à y jouer des pièces qu'ils firent, eux-mêmes aussi, les années suivantes.

Qu'elles fussent bonnes ou mauvaises, là n'est point la question intéressante pour les autres: mais ne firent-ils pas mieux de s'amuser et de s'exercer ainsi, que de courir cette bohème du monde réel, qui se trouve à tous les étages de la société?

C'est ainsi que la fantaisie, le roman, l'oeuvre de l'imagination, en un mot, a son effet détourné, mais certain, sur l'emploi de la vie. Effet souvent funeste, disent les rigoristes de mauvaise foi ou de mauvaise humeur. Je le nie. La fiction commence par transformer la réalité; mais elle est transformée à son tour et fait entrer un peu d'idéal, non pas seulement dans les petits faits, mais dans les grands sentiments de la vie réelle.

GEORGE SAND.
NOHANT 17 janvier 1853

A M. W.-G. MACREADY.

Ce petit ouvrage essayant de remuer quelques idées sur l'art dramatique, je le mets sous la protection d'un grand nom et d'une honorable amitié.

GEORGE SAND.
Nohant, 30 avril 1847.

I.
LA JEUNE MÈRE.

Avant d'arriver à l'époque de ma vie qui fait le sujet de ce récit, je dois dire en trois mots qui je suis.

Je suis le fils d'un pauvre ténor italien et d'une belle dame française. Mon père se nommait Tealdo Soavi; je ne nommerai point ma mère. Je ne fus jamais avoué par elle, ce qui ne l'empêcha point d'être bonne et généreuse pour moi. Je dirai seulement que je fus élevé dans la maison de la marquise de..., à Turin et à Paris, sous un nom de fantaisie.

La marquise aimait les artistes sans aimer les arts. Elle n'y entendait rien et prenait un égal plaisir à entendre une valse de Strauss et une fugue de Bach. En peinture, elle avait un faible pour les étoffes vert et or, et elle ne pouvait souffrir une toile mal encadrée. Légère et charmante, elle dansait à quarante ans comme une sylphide et fumait des cigarettes de contrebande avec une grâce que je n'ai vue qu'à elle. Elle n'avait aucun remords d'avoir cédé à quelques entraînements de jeunesse et ne s'en cachait point trop, mais elle eût trouvé de mauvais goût de les afficher. Elle eut de son mari un fils que je ne nommai jamais mon frère, mais qui est toujours pour moi un bon camarade et un aimable ami.

Je fus élevé comme il plut à Dieu; l'argent n'y fut pas épargné. La marquise était riche, et, pourvu qu'elle n'eût à prendre aucun souci de mes aptitudes et de mes progrès, elle se faisait un devoir de ne me refuser aucun moyen de développement. Si elle n'eût été en réalité que ma parente éloignée et ma bienfaitrice, comme elle l'était officiellement, j'aurais été le plus heureux et le plus reconnaissant des orphelins; mais les femmes de chambre avaient eu trop de part à ma première éducation pour que j'ignorasse le secret de ma naissance. Dès que je pus sortir de leurs mains, je m'efforçai d'oublier la douleur et l'effroi que leur indiscrétion m'avait causés. Ma mère me permit de voir le monde à ses côtés, et je reconnus à la frivolité bienveillante de son caractère, au peu de soin mental qu'elle prenait de son fils légitime, que je n'avais aucun sujet de me plaindre. Je ne conservai donc point d'amertume contre elle, je n'en eus jamais le droit mais une sorte de mélancolie, jointe à beaucoup de patience, de tolérance extérieure et de résolution intime, se trouva être au fond de mon esprit, de bonne heure et pour toujours.

J'éprouvais parfois un violent désir d'aimer et d'embrasser ma mère. Elle m'accordait un sourire en passant, une caresse à la dérobée. Elle me consultait sur le choix de ses bijoux et de ses chevaux; elle me félicitait d'avoir du goût, donnait des éloges à mes instincts de savoir-vivre, et ne me gronda pas une seule fois en sa vie; mais jamais aussi elle ne comprit mon besoin d'expansion avec elle. Le seul mot maternel qui lui échappa fut pour me demander, un jour qu'elle s'aperçut de ma tristesse, si j'étais jaloux de son fils, et si je ne me trouvais pas aussi bien traité que l'enfant de la maison. Or, comme, sauf le plaisir très-creux d'avoir un nom et le bonheur très-faux d'avoir dans le monde une position toute faite pour l'oisiveté, mon frère n'était effectivement pas mieux traité que moi, je compris une fois pour toutes, dans un âge encore assez tendre, que tout sentiment d'envie et de dépit serait de ma part ingratitude et lâcheté. Je reconnus que ma mère m'aimait autant qu'elle pouvait aimer, plus peut-être qu'elle n'aimait mon frère, car j'étais l'enfant de l'amour, et ma figure lui plaisait plus que la ressemblance de son héritier avec son mari.

Je m'attachai donc à lui complaire, en prenant mieux que lui les leçons qu'elle payait pour nous deux avec une égale libéralité, une égale insouciance. Un beau jour, elle s'aperçut que j'avais profité, et que j'étais capable de me tirer d'affaire dans la vie. «Et mon fils? dit-elle avec un sourire; il risque fort d'être ignorant et paresseux, n'est-ce pas?...» Puis elle ajouta naïvement: «Voyez comme c'est heureux, que ces deux enfants aient compris chacun sa position!» Elle m'embrassa au front, et tout fut dit. Mon frère n'essuya aucun reproche de sa part. Sans s'en douter, et grâce à ses instincts débonnaires, elle avait détruit entre nous tout levain d'émulation, et l'on conçoit qu'entre un fils légitime et un bâtard l'émulation eût pu se changer fort aisément en aversion et en jalousie.

Je travaillai donc pour mon propre compte, et je pus me livrer sans anxiété et sans amour-propre maladif au plaisir que je trouvais naturellement à m'instruire. Entouré d'artistes et de gens du monde, mon choix se fit tout aussi naturellement. Je me sentais artiste, et, si j'eusse été maltraité par ceux qui ne l'étaient pas, je me serais élancé dans la carrière avec une sorte d'âpreté chagrine et hautaine. Il n'en fut rien. Tous les amis de ma mère m'encourageaient de leur bienveillance, et moi, ne me sentant blessé nulle part, j'entrai dans la voie qui me parut la mienne avec le calme et la sérénité d'une âme qui prend librement possession de son domaine.

Je portai dans l'étude de la peinture toutes les facultés qui étaient en moi, sans fièvre, sans irritation, sans impatience. A vingt-cinq ans seulement, je me sentis arrivé au premier degré de développement de ma force, et je n'eus pas lieu de regretter mes tâtonnements.

Ma mère n'était plus; elle m'avait oublié dans son testament, mais elle était morte en me faisant écrire un billet fort gracieux pour me féliciter de mes premiers succès, et en donnant une signature à son banquier pour payer les premières dettes de mon frère. Elle avait fait autant pour moi que pour lui, puisqu'elle nous avait mis tous les deux à même de devenir des hommes. J'étais arrivé au but le premier; je ne dépendais plus que de mon courage et de mon intelligence. Mon frère dépendait de sa fortune et de ses habitudes; je n'eusse pas changé son sort contre le mien.

Depuis quelques années, je ne voyais plus ma mère que rarement. Je lui écrivais à d'assez longs intervalles. Il m'en coûtait de l'appeler, conformément à ses prescriptions, ma bonne protectrice. Ses lettres ne me causaient qu'une joie mélancolique, car elles ne contenaient guère que des questions de détail matériel et des offres d'argent relativement à mon travail. «Il me semble, écrivait-elle, qu'il y a quelque temps que vous ne m'avez rien demandé, et je vous supplie de ne point faire de dettes, puisque ma bourse est toujours à votre disposition. Traitez-moi toujours en ceci comme votre véritable amie.»

Cela était bon et généreux, sans doute, mais cela me blessait chaque fois davantage. Elle ne remarquait pas que, depuis plusieurs années, je ne lui coûtais plus rien, tout en ne faisant point de dettes. Quand je l'eus perdue, ce que je regrettai le plus, ce fut l'espérance que j'avais vaguement nourrie qu'elle m'aimerait un jour; ce qui me fit verser des larmes, ce fut la pensée que j'aurais pu l'aimer passionnément, si elle l'eût bien voulu. Enfin, je pleurais de ne pouvoir pleurer vraiment ma mère.

Tout ce que je viens de raconter n'a aucun rapport avec l'épisode de ma vie que je vais retracer. Il ne se trouvera aucun lien entre le souvenir de ma première jeunesse et les aventures qui en ont rempli la seconde période. J'aurais donc pu me dispenser de cette exposition; mais il m'a semblé pourtant qu'elle était nécessaire. Un narrateur est un être passif qui ennuie quand il ne rapporte pas les faits qui le touchent à sa propre individualité bien constatée. J'ai toujours détesté les histoires qui procèdent par je, et si je ne raconte pas la mienne à la troisième personne, c'est que je me sens capable de rendre compte de moi-même, et d'être, sinon le héros principal, du moins un personnage actif dans les événements dont j'évoque le souvenir.

J'intitule ce petit drame du nom d'un lieu où ma vie s'est révélée et dénouée. Mon nom, à moi, c'est-à-dire le nom qu'on m'a choisi en naissant, est Adorno Salentini. Je ne sais pas pourquoi je ne me serais pas appelé Soavi, comme mon père. Peut-être que ce n'était pas non plus son nom. Ce qu'il y a de certain, c'est qu'il mourut sans savoir que j'existais. Ma mère, aussi vite épouvantée qu'éprise, lui avait caché les conséquences de leur liaison pour pouvoir la rompre plus entièrement.

Pour toutes les causes qui précèdent, me voyant et me sentant doublement orphelin dans la vie, j'étais tout accoutumé à ne compter que sur moi-même. Je pris des habitudes de discrétion et de réserve en raison des instincts de courage et de fierté que je cultivais en moi avec soin.

Deux ans après la mort de ma mère, c'est-à-dire à vingt-sept ans, j'étais déjà fort et libre au gré de mon ambition, car je gagnais un peu d'argent, et j'avais très-peu de besoins; j'arrivais à une certaine réputation sans avoir eu trop de protecteurs, à un certain talent sans trop craindre ni rechercher les conseils de personne, à une certaine satisfaction intérieure, car je me trouvais sur la route d'un progrès assuré, et je voyais assez clair dans mon avenir d'artiste. Tout ce qui me manquait encore, je le sentais couver en silence dans mon sein, et j'en attendais l'éclosion avec une joie secrète qui me soutenait, et une apparence de calme qui m'empêchait d'avoir des ennemis. Personne encore ne pressentait en moi un rival bien terrible; moi, je ne me sentais pas de rivaux funestes. Aucune gloire officielle ne me faisait peur. Je souriais intérieurement de voir des hommes, plus inquiets et plus pressés que moi, s'enivrer d'un succès précaire. Doux et facile à vivre, je pouvais constater en moi une force de patience dont je savais bien être incapables les natures violentes, emportées autour de moi comme des feuilles par le vent d'orage. Enfin j'offrais à l'oeil de celui qui voit tout, ce que je cachais au regard dangereux et trouble des hommes: le contraste d'un tempérament paisible avec une imagination vive et une volonté prompte.

A vingt-sept ans, je n'avais pas encore aimé, et certes ce n'était pas faute d'amour dans le sang et dans la tête; mais mon coeur ne s'était jamais donné. Je le reconnaissais si bien, que je rougissais d'un plaisir comme d'une faiblesse, et que je me reprochais presque ce qu'un autre eût appelé ses bonnes fortunes. Pourquoi mon coeur se refusait-il à partager l'enivrement de ma jeunesse? Je l'ignore. Il n'est point d'homme qui puisse se définir au point de n'être pas, sous quelque rapport, un mystère pour lui-même. Je ne puis donc m'expliquer ma froideur intérieure que par induction. Peut-être ma volonté était-elle trop tendue vers le progrès dans mon art. Peut-être étais-je trop fier pour me livrer avant d'avoir le droit d'être compris. Peut-être encore, et il me semble que je retrouve cette émotion dans mes vagues souvenirs, peut-être avais-je dans l'âme un idéal de femme que je ne me croyais pas encore digne de posséder, et pour lequel je voulais me conserver pur de tout servage.

Cependant mon temps approchait. A mesure que la manifestation de ma vie me devenait plus facile dans la peinture, l'explosion de ma puissance cachée se préparait dans mon sein par une inquiétude croissante. A Vienne, pendant un rude hiver, je connus la duchesse de... noble italienne, belle comme un camée antique, éblouissante femme du monde, et dilettante à tous les degrés de l'art. Le hasard lui fit voir une peinture de moi.

Elle la comprit mieux que toutes les personnes qui entouraient. Elle s'exprima sur mon compte en des termes qui caressèrent mon amour-propre. Je sus qu'elle me plaçait plus haut que ne faisait encore le public, et qu'elle travaillait à ma gloire sans me connaître, par pur amour de l'art. J'en fus flatté; la reconnaissance vint attendrir l'orgueil dans mon sein. Je désirai lui être présenté: je fus accueilli mieux encore que je ne m'y attendais. Ma figure et mon langage parurent lui plaire, et elle me dit, presque à la première entrevue, qu'en moi l'homme était encore supérieur au peintre. Je me sentis plus ému par sa grâce, son élégance et sa beauté, que je ne l'avais encore été auprès d'aucune femme.

Une seule chose me chagrinait: certaines habitudes de mollesse, certaines locutions d'éloges officiels, certaines formules de sympathie et d'encouragement, me rappelaient la douce, libérale et insoucieuse femme dont j'avais été le fils et le protégé. Parfois j'essayais de me persuader que c'était une raison de plus pour moi de m'attacher à elle; mais parfois aussi je tremblais de retrouver, sous cette enveloppe charmante, la femme du monde, cet être banal et froid, habile dans l'art des niaiseries, maladroit dans les choses sérieuses, généreux de fait sans l'être d'intention, aimant à faire le bonheur d'autrui, à la condition de ne pas compromettre le sien.

J'aimais, je doutais, je souffrais. Elle n'avait pas une réputation d'austérité bien établie, quoique ses faiblesses n'eussent jamais fait scandale. J'avais tout lieu d'espérer un délicieux caprice de sa part. Cela ne m'enivrait pas. Je n'étais plus assez enfant pour me glorifier d'inspirer un caprice; j'étais assez homme pour aspirer à être l'objet d'une passion. Je brûlais d'un feu mystérieux trop longtemps comprimé pour ne pas m'avouer que j'allais être en proie moi-même à une passion énergique; mais, lorsque je me sentais sur le point d'y céder, j'étais épouvanté de l'idée que j'allais donner tout pour recevoir peu... peut-être rien. J'avais peur, non pas précisément de devenir dans le monde une dupe de plus; qu'importe, quand l'erreur est douce et profonde? mais peur d'user mon âme, ma force morale, l'avenir de mon talent, dans une lutte pleine d'angoisses et de mécomptes. Je pourrais dire que j'avais peur enfin de n'être pas complètement dupe, et que je me méfiais du retour de ma clairvoyance prête à m'échapper.

Un soir, nous allâmes ensemble au théâtre. Il y avait plusieurs jours que je ne l'avais vue. Elle avait été malade; du moins sa porte avait été fermée, et ses traits étaient légèrement altérés. Elle m'avait envoyé une place dans sa loge pour assister avec moi et un autre de ses amis, espèce de sigisbée insignifiant, au début d'un jeune homme dans un opéra italien.

J'avais travaillé avec beaucoup d'ardeur et avec une sorte de dépit fiévreux durant la maladie feinte ou réelle de la duchesse. Je n'étais pas sorti de mon atelier, je n'avais vu personne, je n'étais plus au courant des nouvelles de la ville.

--Qui donc débute ce soir? lui demandai-je un instant avant l'ouverture.

--Quoi! vous ne le savez pas? me dit-elle avec un sourire caressant, qui semblait me remercier de mon indifférence à tout ce qui n'était pas elle.

Puis elle reprit d'un air d'indifférence:

--C'est un tout jeune homme, mais dont on espère beaucoup. Il porte un nom célèbre au théâtre; il s'appelle Célio Floriani.

--Est-il parent, demandai-je, de la célèbre Lucrezia Floriani, qui est morte il y a deux ou trois ans?

--Son propre fils, répondit la duchesse, un garçon de vingt-quatre ans, beau comme sa mère et intelligent comme elle.

Je trouvai cet éloge trop complet; l'instinct jaloux se développait en moi; à mon gré la duchesse se hâtait trop d'admirer les jeunes talents. J'oubliai d'être reconnaissant pour mon propre compte.

--Vous le connaissez? lui dis-je avec d'autant plus de calme que je me sentais plus ému.

--Oui, je le connais un peu, répondit-elle en dépliant son éventail; je l'ai entendu deux fois depuis qu'il est ici.

Je ne répondis rien. Je fis faire un détour à la conversation, pour obtenir, par surprise, l'aveu que je redoutais. Au bout de cinq minutes de propos oiseux en apparence, j'appris que la duchesse avait entendu chanter deux fois dans son salon le jeune Célio Floriani, pendant que la porte m'était fermée, car ce débutant n'était arrivé à Vienne que depuis cinq jours.

Je renfermai ma colère, mais elle fut devinée, et la duchesse s'en tira aussi bien que possible. Je n'étais pas encore assez lié avec elle pour avoir le droit d'attendre une justification. Elle daigna me la donner assez satisfaisante, et mon amertume fit place à la reconnaissance. Elle avait beaucoup connu la fameuse Floriani et vu son fils adolescent auprès d'elle. Il était venu naturellement la saluer à son arrivée, et, croyant lui devoir aide et protection, elle avait consenti à le recevoir et à l'entendre, quoique malade et séquestrée. Il avait chanté pour elle devant son médecin, elle l'avait écouté par ordonnance de médecin. «Je ne sais si c'est que je m'ennuyais d'être seule, ajouta-t-elle d'un ton languissant, ou si mes nerfs étaient détendus par le régime; mais il est certain qu'il m'a fait plaisir et que j'ai bien auguré de son début. Il a une voix magnifique, une belle méthode et un extérieur agréable; mais que sera-t-il sur la scène? C'est si différent d'entendre un virtuose à huis clos! Je crains pour ce pauvre enfant l'épreuve terrible du public. Le nom qu'il porte est un rude fardeau à soutenir; on attend beaucoup de lui: noblesse oblige!

--C'est une cruauté, Madame, dit le marquis R., qui se tenait au fond de la loge, le public est bête; il devrait savoir que les personnes de génie ne mettent au monde que des enfants bêtes. C'est une loi de nature.

--J'aime à croire que vous vous trompez, ou que la nature ne se trompe pas toujours si sottement, répondit la duchesse d'un air narquois. Votre fille est une personne charmante et pleine d'esprit.»--Puis, comme pour atténuer l'effet désagréable que pouvait produire sur moi cette repartie un peu vive, elle me dit tout bas, derrière son éventail: «J'ai choisi le marquis pour être avec nous ce soir, parce qu'il est le plus bête de tous mes amis.»

Je savais que le marquis s'endormait toujours au lever du rideau; je me sentis heureux et tout disposé à la bienveillance pour le débutant.

--Quelle voix a-t-il? demandai-je.

--Qui? le marquis? reprit-elle en riant.

--Non, votre protégé!

--Primo basso cantante. Il se risque dans un rôle bien fort, ce soir. Tenez, on commence; il entre en scène! voyez. Pauvre enfant! comme il doit trembler!

Elle agita son éventail. Quelques claques saluèrent l'entrée de Célio. Elle y joignit si vivement le faible bruit de ses petites mains, que son éventail tomba. «Allons, me dit-elle, comme je le ramassais, applaudissez aussi le nom de la Floriani, c'est un grand nom en Italie, et, nous autres Italiens, nous devons le soutenir. Cette femme a été une de nos gloires.

--Je l'ai entendue dans mon enfance, répondis-je; mais c'est donc depuis qu'elle était retirée du théâtre que vous l'avez particulièrement connue? car vous êtes trop jeune...

Ce n'était pas le moment de faire une circonlocution pour apprendre si la duchesse avait vu la Floriani une fois ou vingt fois en sa vie. J'ai su plus tard qu'elle ne l'avait jamais vue que de sa loge, et que Célio lui avait été simplement recommandé par le comte Albani. J'ai su bien d'autres choses... Mais Célio débitait son récitatif, et la duchesse toussait trop pour me répondre. Elle avait été si enrhumée!

II.
LE VER LUISANT.

Il y avait alors au théâtre impérial une chanteuse qui eût fait quelque impression sur moi, si la duchesse de... ne se fût emparée plus victorieusement de mes pensées. Cette chanteuse n'était ni de la première beauté, ni de la première jeunesse, ni du premier ordre de talent. Elle se nommait Cécilia Boccaferri; elle avait une trentaine d'années, les traits un peu fatigués, une jolie taille, de la distinction, une voix plutôt douce et sympathique que puissante; elle remplissait sans fracas d'engouement, comme sans contestation de la part du public, l'emploi de seconda donna.

Sans m'éblouir, elle m'avait plu hors de la scène plutôt que sur les planches. Je la rencontrais quelquefois chez un professeur de chant qui était mon ami et qui avait été son maître, et dans quelques salons où elle allait chanter avec les premiers sujets. Elle vivait, disait-on, fort sagement, et faisait vivre son père, vieux artiste paresseux et désordonné. C'était une personne modeste et calme que l'on accueillait avec égard, mais dont on s'occupait fort peu dans le monde.

Elle entra en même temps que Célio, et, bien qu'elle ne s'occupât jamais du public lorsqu'elle était à son rôle, elle tourna les yeux vers la loge d'avant-scène où j'étais avec la duchesse. Il y eut dans ce regard furtif et rapide quelque chose qui me frappa: j'étais disposé à tout remarquer et à tout commenter ce soir-là.

Célio Floriani était un garçon de vingt-quatre à vingt-cinq ans, d'une beauté accomplie. On disait qu'il était tout le portrait de sa mère, qui avait été la plus belle femme de son temps. Il était grand sans l'être trop, svelte sans être grêle. Ses membres dégagés avaient de l'élégance, sa poitrine large et pleine annonçait la force. La tête était petite comme celle d'une belle statue antique, les traits d'une pureté délicate avec une expression vive et une couleur solide; l'oeil noir étincelant, les cheveux épais, ondés et plantés au front par la nature selon toutes les règles de l'art italien; le nez était droit, la narine nette et mobile, le sourcil pur comme un trait de pinceau, la bouche vermeille et bien découpée, la moustache fine et encadrant la lèvre supérieure par un mouvement de frisure naturelle d'une grâce coquette; les plans de la joue sans défaut, l'oreille petite, le cou dégagé, rond, blanc et fort, la main bien faite, le pied de même, les dents éblouissantes, le sourire malin, le regard très-hardi... Je regardai la duchesse... Je la regardai d'autant mieux, qu'elle n'y fit point attention, tant elle était absorbée par l'entrée du débutant.

La voix de Célio était magnifique, et il savait chanter; cela se jugeait dès les premières mesures. Sa beauté ne pouvait pas lui nuire: pourtant, lorsque je reportai mes regards de la duchesse à l'acteur, ce dernier me parut insupportable. Je crus d'abord que c'était prévention de jaloux; je me moquai de moi-même; je l'applaudis, je l'encourageai d'un de ces bravo à demi-voix que l'acteur entend fort bien sur la scène. Là je rencontrai encore le regard de mademoiselle Boccaferri attaché sur la duchesse et sur moi. Cette préoccupation n'était pas dans ses habitudes, car elle avait un maintien éminemment grave et un talent spécialement consciencieux.

Mais j'avais beau faire le dégagé: d'une part, je voyais la

duchesse en proie à un trouble inconcevable, à une émotion qu'elle ne pouvait plus me cacher, on eût dit qu'elle ne l'essayait même pas; d'autre part, je voyais le beau Célio, en dépit de son audace et de ses moyens, s'acheminer vers une de ces chutes dont on ne se relève guère, ou tout au moins vers un de ces fiasco qui laissent après eux des années de découragement et d'impuissance. En effet, ce jeune homme se présenta avec un aplomb qui frisait l'outrecuidance. On eût dit que le nom qu'il portait était écrit par lui sur son front pour être salué et adoré sans examen de son individualité; on eût dit aussi que sa beauté devait faire baisser les yeux, même aux hommes. Il avait cependant du talent et une puissance incontestable: il ne jouait pas mal, et il chantait bien; mais il était insolent dans l'âme, et cela perçait par tous ses pores. La manière dont il accueillit les premiers applaudissements déplut au public. Dans son salut et dans son regard, on lisait clairement cette modeste allocution intérieure: «Tas d'imbéciles que vous êtes, vous serez bientôt forcés de m'applaudir davantage. Je méprise le faible tribut de votre indulgence; j'ai droit à des transports d'admiration.»

Pendant deux actes, il se maintint à cette hauteur dédaigneuse; et le public incertain lui pardonna généreusement son orgueil, voulant voir s'il le justifierait, et si cet orgueil était un droit légitime ou une prétention impertinente. Je n'aurais su dire moi-même lequel c'était, car je l'écoutais avec un désintéressement amer. Je ne pouvais plus douter de l'engouement de ma compagne pour lui; je le lui disais, même assez malhonnêtement, sans la fâcher, sans la distraire; elle n'attendait qu'un moment d'éclatant triomphe de Célio pour me dire que j'étais un fat et qu'elle n'avait jamais pensé à moi.

Ce moment de triomphe sur lequel tous deux comptaient, c'était un duo du troisième acte avec la signora Boccaferri. Cette sage créature semblait s'y prêter de bonne grâce et vouloir s'effacer derrière le succès du débutant. Célio s'était ménagé jusque-là; il arrivait à un effet avec la certitude de le produire.

Mais que se passa-t-il tout d'un coup entre le public et lui? Nul ne l'eût expliqué, chacun le sentit. Il était là, lui, comme un magnétiseur qui essaie de prendre possession de son sujet, et qui ne se rebute pas de la lenteur de son action. Le public était comme le patient, à la fois naïf et sceptique, qui attend de ressentir ou de secouer le charme pour se dire: «Celui-ci est un prophète ou un charlatan.» Célio ne chanta pourtant pas mal, la voix ne lui manqua pas; mais il voulut peut-être aider son effet par un jeu trop accusé: eut-il un geste faux, une intonation douteuse, une attitude ridicule? Je n'en sais rien. Je regardai la duchesse prête à s'évanouir, lorsqu'un froid sinistre plana sur toutes les têtes, un sourire sépulcral effleura tous les visages. L'air fini, quelques amis essayèrent d'applaudir; deux on trois chut discrets, contre lesquels personne n'osa protester, firent tout rentrer dans le silence. Le fiasco était consommé.

La duchesse était pâle comme la mort; mais ce fut l'affaire d'un instant. Reprenant l'empire d'elle-même avec une merveilleuse dextérité, elle se tourna vers moi, et me dit en souriant, en affrontant mon regard comme si rien n'était changé entre nous:-- Allons, c'est trois ans d'étude qu'il faut encore à ce chanteur-là! Le théâtre est un autre lieu d'épreuve que l'auditoire bienveillant de la vie privée. J'aurais pourtant cru qu'il s'en serait mieux tiré. Pauvre Floriani, comme elle eût souffert si cela se fût passé de son vivant! Mais qu'avez-vous donc, monsieur Salentini? On dirait que vous avez pris tant d'intérêt à ce début, que vous vous sentez consterné de la chute?

--Je n'y songeais pas, Madame, répondis-je; je regardais et j'écoutais mademoiselle Boccaferri, qui vient de dire admirablement bien une toute petite phrase fort simple.

--Ah! bah! vous écoutez la Boccaferri, vous? Je ne lui fais pas tant d'honneur. Je n'ai jamais su ce qu'elle disait mal ou bien.

--Je ne vous crois pas, Madame; vous êtes trop bonne musicienne et trop artiste pour n'avoir pas mille fois remarqué qu'elle chante comme un ange.

--Rien que cela! A qui en avez-vous, Salentini? Est-ce vraiment de la Boccaferri que vous me parlez? J'ai mal entendu, sans doute.

--Vous avez fort bien entendu, Madame; Cecilia Boccaferri est une personne accomplie et une artiste du plus grand mérite. C'est votre doute à cet égard qui m'étonne.

--Oui-da! vous êtes facétieux aujourd'hui, reprit la duchesse sans se déconcerter.

Elle était charmée de me supposer du dépit; elle était loin de croire que je fusse parfaitement calme et détaché d'elle, ou au moment de l'être.

--Non, Madame, repris-je, je ne plaisante pas. J'ai toujours fait grand cas des talents qui se respectent et qui se tiennent, sans aigreur, sans dégoût et sans folle ambition, à la place que le jugement public leur assigne. La signora Boccaferri est un de ces talents purs et modestes qui n'ont pas besoin de bruit et de couronnes pour se maintenir dans la bonne voie. Son organe manque d'éclat, mais son chant ne manque jamais d'ampleur. Ce timbre, un peu voilé, a un charme qui me pénètre. Beaucoup de prime donne fort en vogue n'ont pas plus de plénitude ou de fraîcheur dans le gosier; il en est même qui n'en ont plus du tout. Elles appellent alors à leur aide l'artifice au lieu de l'art, c'est-à-dire le mensonge. Elles se créent une voix factice, une méthode personnelle, qui consiste à sauver toutes les parties défectueuses de leur registre pour ne faire valoir que certaines notes criées, chevrotées, sanglotées, étouffées, qu'elles ont à leur service. Cette méthode, prétendue dramatique et savante, n'est qu'un misérable tour de gibecière, un escamotage maladroit, une fourberie dont les ignorants sont seuls dupes; mais, à coup sûr, ce n'est plus là du chant, ce n'est plus de la musique. Que deviennent l'intention du maître, le sens de la mélodie, le génie du rôle, lorsqu'au lieu d'une déclamation naturelle, et qui n'est vraisemblable et pathétique qu'à la condition d'avoir des nuances alternatives de calme et de passion, d'abattement et d'emportement, la cantatrice, incapable de rien dire et de rien chanter, crie, soupire et larmoie son rôle d'un bout à l'autre? D'ailleurs, quelle couleur, quelle physionomie, quel sens peut avoir un chant écrit pour la voix, quand, à la place d'une voix humaine et vivante, le virtuose épuisé, met un cri, un grincement, une suffocation perpétuels? Autant vaut chanter Mozart avec la pratique de Pulcinella sur la langue; autant vaut assister aux hurlements de l'épilepsie. Ce n'est pas davantage de l'art, c'est de la réalité plus positive.

--Bravo, monsieur le peintre! dit la duchesse avec un sourire malin et caressant; je ne vous savais pas si docte et si subtil en fait de musique! Pourquoi est-ce la première fois que vous en parlez si bien? J'aurais toujours été de votre avis... en théorie, car vous faites une mauvaise application en ce moment. La pauvre Boccaferri a précisément une de ces voix usées et flétries qui ne peuvent plus chanter.

--Et pourtant, repris-je avec fermeté, elle chante toujours, elle ne fait que chanter; elle ne crie et ne suffoque jamais, et c'est pour cela que le public frivole ne fait point d'attention à elle. Croyez-vous qu'elle soit si peu habile qu'elle ne pût viser à l'effet tout comme une autre, et remplacer l'art par l'artifice, si elle daignait abaisser son âme et sa science jusque-là? Que demain elle se lasse de passer inaperçue et qu'elle veuille agir sur la fibre nerveuse de son auditoire par des cris, elle éclipsera ses rivales, je n'en doute pas. Son organe, voilé d'habitude, est précisément de ceux qui s'éclaircissent par un effort physique, et qui vibrent puissamment quand le chanteur veut sacrifier le charme à l'étonnement, la vérité à l'effet.

--Mais alors, convenez-en vous-même, que lui reste-t-il, si elle n'a ni le courage et la volonté de produire l'effet par un certain artifice, ni la santé de l'organe qui possède le charme naturel? Elle n'agit ni sur l'imagination trompée, ni sur l'oreille satisfaite, cette pauvre fille! Elle dit proprement ce qui est écrit dans son rôle; elle ne choque jamais, elle ne dérange rien. Elle est musicienne, j'en conviens, et utile dans l'ensemble; mais, seule, elle est nulle. Qu'elle entre, qu'elle sorte, le théâtre est toujours vide quand elle le traverse de ses bouts de rôle et de ses petites phrases perlées.

--Voilà ce que je nie, et, pour mon compte, je sens qu'elle remplit, non pas seulement le théâtre de sa présence, mais qu'elle pénètre et anime l'opéra de son intelligence. Je nie également que le défaut de plénitude de son organe en exclue le charme. D'abord ce n'est pas une voix malade, c'est une voix délicate, de même que la beauté de mademoiselle Boccaferri n'est pas une beauté flétrie, mais une beauté voilée. Cette beauté suave, cette voix douce, ne sont pas faites pour les sens toujours un peu grossiers du public; mais l'artiste qui les comprend devine des trésors de vérité sous cette expression contenue, où l'âme tient plus encore qu'elle ne promet et ne s'épuise jamais, parce qu'elle ne se prodigue point.

--Oh! mille et mille fois pardon, mon cher Salentini! s'écria la duchesse en riant et en me tendant la main d'un air enjoué et affectueux: je ne vous savais pas amoureux de la Boccaferri; si je m'en étais doutée, je ne vous aurais pas contrarié en disant du mal d'elle. Vous ne m'en voulez pas? vrai, je n'en savais rien!

Je regardai attentivement la duchesse. Qu'elle eût été sincère dans son désintéressement, je redevenais amoureux; mais elle ne put soutenir mon regard, et l'étincelle diabolique jaillit du sien à la dérobée.

--Madame, lui dis-je sans baiser sa main que je pressai faiblement, vous n'aurez jamais à vous excuser d'une maladresse, et moi, je n'ai jamais été amoureux de mademoiselle Boccaferri avant cette représentation, où je viens de la comprendre pour la première fois.

--Et c'est moi qui vous ai aidé, sans doute, à faire cette découverte?

--Non, Madame, c'est Célio Floriani.

La duchesse frémit, et je continuai fort tranquillement:--C'est en voyant combien ce jeune homme avait peu de conscience que j'ai senti le prix de la conscience dans l'art lyrique, aussi clairement que je le sens dans l'art de la peinture et dans tous les arts.

--Expliquez-moi cela, dit la duchesse affectant de reprendre parti pour Célio. Je n'ai pas vu qu'il manquât de conscience, ce beau jeune homme; il a manqué de bonheur, voilà tout.

--Il a manqué à ce qu'il y a de plus sacré, repris-je froidement; il a manqué à l'amour et au respect de son art. Il a mérité que le public l'en punit, quoique le public ait rarement de ces instincts de justice et de fierté. Consolez-vous pourtant, Madame, son succès n'a tenu qu'à un fil, et, en procédant par l'audace et le contentement de soi-même, un artiste peut toujours être applaudi, faire des dupes, voire des victimes; mais moi, qui vois très-clair et qui suis tout à fait impartial dans la question, j'ai compris que l'absence de charme et de puissance de ce jeune homme tenait à sa vanité, à son besoin d'être admiré, à son peu d'amour pour l'oeuvre qu'il chantait, à son manque de respect pour l'esprit et les traditions de son rôle. Il s'est nourri toute sa vie, j'en suis sûr, de l'idée qu'il ne pouvait faillir et qu'il avait le don de s'imposer. Probablement c'est un enfant gâté. Il est joli, intelligent, gracieux; sa mère a dû être son esclave, et toutes les dames qu'il fréquente doivent l'enivrer de voluptés. Celle de la louange est la plus mortelle de toutes. Aussi s'est-il présenté devant le public comme une coquette effrontée qui éclabousse le pauvre monde du haut de son équipage. Personne n'a pu nier qu'il fût jeune, beau et brillant; mais on s'est mis à le haïr, parce qu'on a senti dans son maintien quelque chose de la coquette. Oui, coquette est le mot. Savez-vous ce que c'est qu'une coquette, madame la duchesse?

--Je ne le sais pas, monsieur Salentini; mais vous, vous le savez, sans doute?

--Une coquette, repris-je sans me laisser troubler par son air de dédain, c'est une femme qui fait par vanité ce que la courtisane fait par cupidité; c'est un être qui fait le fort pour cacher sa faiblesse, qui fait semblant de tout mépriser pour secouer le poids du mépris public, qui essaie d'écraser la foule pour faire oublier qu'elle s'abaisse et rampe devant chacun en particulier; c'est un mélange d'audace et de lâcheté, de bravade téméraire et de terreur secrète.... A Dieu ne plaise que j'applique ce portrait dans toute sa rigueur à aucune personne de votre connaissance! A Célio même, je ne le ferais pas sans restriction. Mais je dis que la plupart des artistes qui cherchent le succès sans conscience et sans recueillement sont un peu dans la voie de la courtisane sans le savoir; ils feignent de mépriser le jugement d'autrui, et ils n'ont travaillé toute leur vie qu'à l'obtenir favorable; ils ne sont si irrités de manquer leur triomphe que parce que le triomphe a été leur unique mobile. S'ils aimaient leur art pour lui-même, ils seraient plus calmes et ne feraient pas dépendre leurs progrès d'un peu plus ou moins de blâme ou d'éloge. Les courtisanes affectent de mépriser la vertu qu'elles envient. Les artistes dont je parle affectent de se suffire à eux-mêmes, précisément parce qu'ils se sentent mal avec eux-mêmes. Célio Floriani est le fils d'une vraie, d'une grande artiste. Il n'a pas voulu suivre les traditions de sa mère, il en est trop cruellement puni! Dieu veuille qu'il profite de la leçon, qu'il ne se laisse point abattre, et qu'il se remette à l'étude sans dégoût et sans colère! Voulez-vous que j'aille le trouver de votre part, Madame, et que je l'invite à souper chez vous au sortir du spectacle? Il doit avoir besoin de consolation, et ce serait généreux à vous de le traiter d'autant mieux qu'il est plus malheureux. Nous voici au finale. J'ai mes entrées sur le théâtre, j'y vais et je vous l'amène.

--Non, Salentini, répondit la duchesse. Je ne comptais point souper ce soir, et, si vous voulez prolonger la veillée, vous allez venir prendre du thé avec moi et le marquis... dont la somnolence opiniâtre nous laisse le champ libre pour causer. Il me semble que nous avons beaucoup de choses à nous dire... à propos de Célio Floriani précisément. Celui-ci serait de trop dans notre entretien, pour moi comme pour vous.

Elle accompagna ces paroles d'un regard plein de langueur et de passion, et se leva pour prendre mon bras; mais j'esquivai cet honneur en me plaçant derrière son sigisbée. Cette femme, qui n'aimait les jeunes talents que dans la prévision du succès, et qui les abandonnait si lestement quand ils avaient échoué en public, me devenait odieuse tout d'un coup; elle me faisait l'effet de ces enfants méchants et stupides qui poursuivent le ver luisant dans les herbes, qui le saisissent, le réchauffent et l'admirent tant que le phosphore l'illumine, puis l'écrasent quand le toucher de leur main indiscrète l'a privé de sa lumière. Parfois ils le torturent pour le ranimer, mais le pauvre insecte s'éteint de plus en plus. Alors on le tue: il ne jette plus d'éclat, il ne brille plus, il n'est plus bon à rien. «Pauvre Célio! pensais-je, qu'as-tu fait de ton phosphore? Rentre dans la terre, ou crains qu'on ne marche sur toi.... Mais à coup sûr ce n'est pas moi qui profiterai du tête-à-tête qu'on t'avait ménagé pour cette nuit en cas d'ovation. J'ai encore un peu de phosphore, et je veux le garder.»

--Eh bien, dit la duchesse d'un ton impérieux, vous ne venez pas?

--Pardon, Madame, répondis-je, je veux aller saluer mademoiselle Boccaferri dans sa loge. Elle n'a pas eu plus de succès ce soir que les autres fois, et elle n'en chantera pas moins bien demain. J'aime beaucoup à porter le tribut de mon admiration aux talents ignorés ou méconnus qui restent eux-mêmes et se consolent de l'indifférence de la foule par la sympathie de leurs amis et la conscience de leur force. Si je rencontre Célio Floriani, je veux faire connaissance avec lui. Me permettez-vous de me recommander de Votre Seigneurie? Nous sommes tous deux vos protégés.

La duchesse brisa son éventail et sortit sans me répondre. Je sentis que sa souffrance me faisait mal; mais c'était le dernier tressaillement de mon coeur pour elle. Je m'élançai dans les couloirs qui menaient au théâtre, résolu, en effet, à porter mon hommage à Cécilia Boccaferri.

III.
CÉCILIA.

Mais il était écrit au livre de ma destinée que je retrouverais Célio sur mon chemin. J'approche de la loge de Cécilia, je frappe, on vient m'ouvrir: au lieu du visage doux et mélancolique de la cantatrice, c'est la figure enflammée du débutant qui m'accueille d'un regard méfiant et de cette parole insolente:--Que voulez-vous, Monsieur?

--Je croyais frapper chez la signora Boccaferri, répondis-je; elle a donc changé de loge?

--Non, non, c'est ici! me cria la voix de Cécilia. Entrez, signor Salentini, je suis bien aise de vous voir.

J'entrai, elle quittait son costume derrière un paravent. Célio se rassit sur le sofa, sans me rien dire, et même sans daigner faire la moindre attention à ma présence, il reprit son discours au point où je l'avais interrompu. A vrai dire, ce discours n'était qu'un monologue. Il procédait même uniquement par exclamations et malédictions, donnant au diable ce lourd et stupide parterre d'Allemands, ces buveurs, aussi froids que leur bière, aussi incolores que leur café. Les loges n'étaient pas mieux traitées.--Je sais que j'ai mal chanté et encore plus mal joué, disait-il à la Boccaferri, comme pour répondre à une objection qu'elle lui aurait faite avant mon arrivée; mais soyez donc inspiré devant trois rangées de sots diplomates et d'affreuses douairières! Maudite soit l'idée qui m'a fait choisir Vienne pour le théâtre de mes débuts! Nulle part les femmes ne sont si laides, l'air si épais, la vie si plate et les hommes si bêtes! En bas, des abrutis qui vous glacent; en haut, des monstres qui vous épouvantent! Par tous les diables! j'ai été à la hauteur de mon public, c'est-à-dire insipide et détestable!

La naïveté de ce dépit me réconcilia avec Célio. Je lui dis qu'en qualité d'Italien et de compatriote, je réclamais contre son arrêt, que je ne l'avais point écouté froidement, et que j'avais protesté contre la rigueur du public.

A cette ouverture, il leva la tête, me regarda en face, et, venant à moi la main ouverte: «Ah! oui! dit-il, c'est vous qui étiez à l'avant-scène, dans la loge de la duchesse de.... Vous m'avez soutenu, je l'ai remarqué; Cécilia Boccaferri, ma bonne camarade, y a fait attention aussi.... Cette haridelle de duchesse, elle aussi m'a abandonné! mais vous luttiez jusqu'au dernier moment. Eh bien, touchez là; je vous remercie. Il paraît que vous êtes artiste aussi, que vous avez du talent, du succès? C'est bien de vouloir garantir et consoler ceux qui tombent! cela vous portera bonheur!»

Il parlait si vite, il avait un accent si résolu, une cordialité si spontanée, que, bien que choqué de l'expression de corps de garde appliquée à la duchesse, mes récentes amours, je ne pus résister à ses avances, ni rester froid à l'étreinte de sa main. J'ai toujours jugé les gens à ce signe. Une main froide me gêne, une main humide me répugne, une pression saccadée m'irrite, une main qui ne prend que du bout des doigts me fait peur; mais une main souple et chaude, qui sait presser la mienne bien fort sans la blesser, et qui ne craint pas de livrer à une main virile le contact de sa paume entière, m'inspire une confiance et même une sympathie subite. Certains observateurs des variétés de l'espèce humaine s'attachent au regard, d'autres à la forme du front, ceux-ci à la qualité de la voix, ceux-là au sourire, d'autres enfin à l'écriture, etc. Moi, je crois que tout l'homme est dans chaque détail de son être, et que toute action ou aspect de cet être est un indice révélateur de sa qualité dominante. Il faudrait donc tout examiner, si on en avait le temps; mais, dès l'abord, j'avoue que je suis pris ou repoussé par la première poignée de main.

Je m'assis auprès de Célio, et tâchai de le consoler de son échec en lui parlant de ses moyens et des parties incontestables de son talent. «Ne me flattez pas, ne m'épargnez pas, s'écria-t-il avec franchise. J'ai été mauvais, j'ai mérité de faire naufrage; mais ne me jugez pas, je vous en supplie, sur ce misérable début. Je vaux mieux que cela. Seulement je ne suis pas assez vieux pour être bon à froid. Il me faut un auditoire qui me porte, et j'en ai trouvé un ce soir qui, dès le commencement, n'a fait que me supporter. J'ai été froissé et contrarié avant l'épreuve, au point d'entrer en scène épuisé et frappé d'un sombre pressentiment. La colère est bonne quelquefois, mais il la faut simultanée à l'opération de la volonté. La mienne n'était pas encore assez refroidie, et elle n'était plus assez chaude: j'ai succombé. O ma pauvre mère! si tu avais été là, tu m'aurais électrisé par ta présence, et je n'aurais pas été indigne de la gloire de porter ton nom! Dors bien sous tes cyprès, chère sainte! Dans l'état où me voici, c'est la première fois que je me réjouis de ce que tes yeux sont fermés pour moi!

Une grosse larme coula sur la joue ardente du beau Célio. Sa sincérité, ce retour enthousiaste vers sa mère, son expansion devant moi, effaçaient le mauvais effet de son attitude sur la scène. Je me sentis attendri, je sentis que je l'aimais. Puis, en voyant de près combien sa beauté était vraie, son accent pénétrant et son regard sympathique, je pardonnai à la duchesse de l'avoir aimé deux jours; je ne lui pardonnai pas de ne plus l'aimer.

Il me restait à savoir s'il était aimé aussi de Cécilia Boccaferri. Elle sortit de sa toilette et vint s'asseoir entre nous deux, nous prit la main à l'un et à l'autre, et, s'adressant à moi:--C'est la première fois que je vous serre la main, dit-elle, mais c'est de bon coeur. Vous venez consoler mon pauvre Célio, mon ami d'enfance, le fils de ma bienfaitrice, et c'est presque une soeur qui vous en remercie. Au reste, je trouve cela tout simple de votre part; je sais que vous êtes un noble esprit, et que les vrais talents ont la bonté et la franchise en partage.... Ecoute, Célio, ajouta-t-elle, comme frappée d'une idée soudaine, va quitter ton costume dans ta loge, il est temps: moi, j'ai quelques mots à dire à M. Salentini. Tu reviendras me prendre, et nous partirons ensemble.

Célio sortit sans hésiter et d'un air de confiance absolue. Était-il sûr, à ce point, de la fidélité de sa maîtresse?... ou bien n'était-il pas l'amant de Cécilia? Et pourquoi l'aurait-il été? pourquoi en avais-je la pensée, lorsque ni elle ni lui ne l'avaient peut-être jamais eue?

Tout cela s'agitait confusément et rapidement dans ma tête. Je tenais toujours la main de Cécilia dans la mienne, je l'y avais gardée; elle ne paraissait pas le trouver mauvais. J'interrogeais les fibres mystérieuses de cette petite main, assez ferme, légèrement attiédie et particulièrement calme, tout en plongeant dans les yeux noirs, grands et graves de la cantatrice; mais l'oeil et la main d'une femme ne se pénètrent pas si aisément que ceux d'un homme. Ma science d'observation et ma délicatesse de perceptions m'ont souvent trahi ou éclairé selon le sexe.

Par un mouvement très-naturel pour relever son châle, la Boccaferri me retira sa main dès que nous fûmes seuls, mais sans détourner son regard du mien.

--Monsieur Salentini, dit-elle, vous faites la cour à la duchesse de X... et vous avez été jaloux de Célio; mais vous ne l'êtes plus, n'est-ce pas? vous sentez bien que vous n'avez pas sujet de l'être.

--Je ne suis pas du tout certain que je n'eusse pas sujet d'être jaloux de Célio, si je faisais la cour à la duchesse, répondis-je en me rapprochant un peu de la Boccaferri; mais je puis vous jurer que je ne suis pas jaloux, parce que je n'aime pas cette femme.

Cécilia baissa les yeux, mais avec une expression de dignité et non de trouble.--Je ne vous demande pas vos secrets, dit-elle, je n'ai pas cette indiscrétion. Rien là dedans ne peut exciter ma curiosité; mais je vous parle franchement. Je donnerais ma vie pour Célio; je sais que certaines femmes du monde sont très-dangereuses. Je l'ai vu avec peine aller chez quelques-unes, j'ai prévu que sa beauté lui serait funeste, et peut-être son malheur d'aujourd'hui est-il le résultat de quelques intrigues de coquettes, de quelques jalousies fomentées à dessein.... Vous connaissez le monde mieux que moi; mais j'y vais quelquefois chanter, et j'observe sans en avoir l'air. Eh bien, j'ai vu ce soir Célio chuté par des gens qui lui promettaient chaudement hier de l'applaudir, et j'ai cru comprendre certains petits drames dans les loges qui nous avoisinaient. J'ai remarqué aussi votre générosité, j'en ai été vivement touchée. Célio, depuis le peu de temps qu'il est à Vienne, s'est déjà fait des ennemis. Je ne suis pas en position de l'en préserver; mais, lorsque l'occasion se présente pour moi de lui assurer et de lui conserver une noble amitié, je ne veux pas la négliger. Célio n'a point aspiré à plaire à la duchesse; voilà tout ce que j'avais à vous dire, signor Salentini, et ce que je puis vous affirmer sur l'honneur, car Célio n'a point de secrets pour moi, et je l'ai interrogé sur ce point-là, il n'y a qu'un instant, comme vous entriez ici.

Chacun sait plus ou moins la figure que tâche de ne pas faire un homme qui trouve occupée la place qu'il venait pour conquérir. Je fis de mon mieux pour que mon désappointement ne parût pas.--Bonne Cécilia, répondis-je, je vous déclare que cela me serait parfaitement égal, et je permets à Célio d'être aujourd'hui ou de ne jamais être l'amant de la duchesse, sans que cela change rien à ma sympathie pour lui, à mon impartialité comme dilettante, à mon zèle comme ami. Oui, je serai son ami de bon coeur, puisqu'il est le vôtre, car vous êtes une des personnes que j'estime le plus. Vous l'avez compris, vous, puisque vous venez de me livrer sans détour le secret de votre coeur, et je vous en remercie.

--Le secret de mon coeur! dit la Boccaferri d'un ton de sincérité qui me pétrifia. Quel secret?

--Etes-vous donc distraite à ce point que vous m'ayez dit, sans le savoir, votre amour pour Célio; ou que vous l'ayez déjà oublié?

La Boccaferri se mit à rire. C'était la première fois que je la voyais rire, et le rire est aussi un indice à étudier. Sa figure grave et réservée ne semblait pas faite pour la gaieté, et pourtant cet éclair d'enjouement l'éclaira d'une beauté que je ne lui connaissais pas. C'était le rire franc, bref et harmonieusement rhythmé d'une petite fille épanouie et bonne.--Oui, oui, dit-elle, il faut que je sois bien distraite pour m'être exprimée comme je l'ai fait sur le compte de Célio, sans songer que vous alliez prendre le change et me supposer amoureuse de lui... mais qu'importe? Il y aurait de la pédanterie de ma part à m'en défendre, lorsque cela doit vous paraître très-naturel et très-indifférent.

--Très-naturel... c'est possible... Très-indifférent... c'est possible encore; mais je vous prie cependant de vous expliquer.--Et je pris le bras de Cécilia avec une brusquerie involontaire dont je me repentis tout à coup, car elle me regarda d'un air étonné, comme si je venais de la préserver d'une brûlure ou d'une araignée. Je me calmai aussitôt et j'ajoutai:--Je tiens à savoir si je suis assez votre ami pour que vous m'ayez confié votre secret, ou si je le suis assez peu pour qu'il vous soit indifférent, à vous, de n'être pas connue de moi.

--Ni l'un ni l'autre, répondit-elle. Si j'avais un tel secret, j'avoue que je ne vous le confierais pas sans vous connaître et vous éprouver davantage; mais, n'ayant point de secret, j'aime mieux que vous me connaissiez telle que je suis. Je vais vous expliquer mon dévouement pour Célio, et d'abord je dois vous dire que Célio a deux soeurs et un jeune frère pour lesquels je me dévouerais encore davantage, parce qu'ils pourraient avoir plus besoin que lui des services et de la sollicitude d'une femme. Oh! oui, si j'avais un sort indépendant, je voudrais consacrer ma vie à remplacer la Floriani auprès de ses enfants, car l'être que j'aime de passion et d'enthousiasme, c'est un nom, c'est une morte, c'est un souvenir sacré, c'est la grande et bonne Lucrezia Floriani!

Je pensai, malgré moi, à la duchesse, qui, une heure auparavant, avait motivé son engouement pour Célio par une ancienne relation d'amitié avec sa mère. La duchesse avait trente ans comme la Boccaferri. La Floriani était morte à quarante, absolument retirée du théâtre et du monde depuis douze ou quatorze ans... Ces deux femmes l'avaient-elles beaucoup connue? Je ne sais pourquoi cela me paraissait invraisemblable. Je craignais que le nom de Floriani ne servît mieux à Célio auprès des femmes qu'auprès du public.

Je ne sais si mon doute se peignit sur mes traits, ou si Cécilia alla naturellement au-devant de mes objections, car elle ajouta sans transition:--Et pourtant je ne l'ai vue, dans toute ma vie, que cinq ou six fois, et notre plus longue intimité a été de quinze jours, lorsque j'étais encore une enfant.

Elle fit une pause; je ne rompis point le silence; je l'observais. Il y avait comme un embarras douloureux en elle; mais elle reprit bientôt: «Je souffre un peu de vous dire pourquoi mon coeur a voué un culte à cette femme, mais je présume que je n'ai rien de neuf à vous apprendre là-dessus. Mon père... vous savez, est un homme excellent, une âme ardente, généreuse, une intelligence supérieure... ou plutôt vous ne savez guère cela; ce que vous savez comme tout le monde, c'est qu'il a toujours vécu dans le désordre, dans l'incurie, dans la misère. Il était trop aimable pour n'avoir pas beaucoup d'amis; il en faisait tous les jours, parce qu'il plaisait, mais il n'en conserva jamais aucun, parce qu'il était incorrigible, et que leurs secours ne pouvaient le guérir de son imprévoyance et de ses illusions. Lui et moi nous devons de la reconnaissance à tant de gens, que la liste serait trop longue; mais une seule personne a droit, de notre part, à une éternelle adoration. Seule entre tous, seule au monde, la Floriani ne se rebuta pas de nous sauver tous les ans... quelquefois plus souvent. Inépuisable en patience, en tolérance, en compréhension, en largesse, elle ne méprisa jamais mon père, elle ne l'humilia jamais de sa pitié ni de ses reproches. Jamais ce mot amer et cruel ne sortit de ses lèvres: «Ce pauvre homme avait du mérite; la misère l'a dégradé.» Non! la Floriani disait: «Jacopo Boccaferri aura beau faire, il sera toujours un homme de coeur et de génie!» Et c'était vrai; mais, pour comprendre cela, il fallait être la pauvre fille de Boccaferri ou la grande artiste Lucrezia.

«Pendant vingt ans, c'est-à-dire depuis le jour où elle le rencontra jusqu'à celui où elle cessa de vivre, elle le traita comme un ami dont on ne doute point. Elle était bien sûre, au fond du coeur, que ses bienfaits ne l'enrichiraient pas; et que chaque dette criante qu'elle acquittait ferait naître d'autres dettes semblables. Elle continua; elle ne s'arrêta jamais. Mon père n'avait qu'un mot à lui écrire, l'argent arrivait à point, et avec l'argent la consolation, le bienfait de l'âme, quelques lignes si belles, si bonnes! Je les ai tous conservés comme des reliques, ces précieux billets. Le dernier disait:

«Courage, mon ami, cette fois-ci la destinée vous sourira, et vos efforts ne seront pas vains, j'en suis sûre. Embrassez pour moi la Cécilia, et comptez toujours sur votre vieille amie.»

«Voyez quelle délicatesse et quelle science de la vie! C'était bien la centième fois qu'elle lui parlait ainsi. Elle l'encourageait toujours; et, grâce à elle, il entreprenait toujours quelque chose. Cela ne durait point et creusait de nouveaux abîmes; mais, sans cela, il serait mort sur un fumier, et il vit encore, il peut encore se sauver.... Oui, oui, la Floriani m'a légué son courage.... Sans elle, j'aurais peut-être moi-même douté de mon père; mais j'ai toujours foi en lui, grâce à elle! Il est vieux, mais il n'est pas fini. Son intelligence et sa fierté n'ont rien perdu de leur énergie. Je ne puis le rendre riche comme il le faudrait à un homme d'une imagination si féconde et si ardente; mais je puis le préserver de la misère et de l'abattement. Je ne le laisserai pas tomber; je suis forte!»

La Boccaferri parlait avec un feu extraordinaire, quoique ce feu fût encore contenu par une habitude de dignité calme.

Elle se transformait à mes yeux, ou plutôt elle me révélait ces trésors de l'âme que j'avais toujours pressentis en elle. Je pris sa main très-franchement cette fois, et je la baisai sans arrière-pensée.

--Vous êtes une noble créature, lui dis-je, je le savais bien, et je suis fier de l'effort que vous daignez faire pour m'avouer cette grandeur que vous cachez aux yeux du monde, comme les autres cachent la honte de leur petitesse. Parlez, parlez encore; vous ne pouvez pas savoir le bien que vous me faites, à moi qui suis né pour croire et pour aimer, mais que le monde extérieur contriste et alarme perpétuellement.

--Mais je n'ai plus rien à vous dire, mon ami. La Floriani n'est plus, mais elle est toujours vivante dans mon coeur. Son fils aîné commence la vie et tâte le terrain de la destinée d'un pied hasardeux, téméraire peut-être. Est-ce à moi de douter de lui? Ah! qu'il soit ambitieux, imprudent, impuissant même dans les arts, qu'il se trompe mille fois, qu'il devienne coupable envers lui-même, je veux l'aimer et le servir comme si j'étais sa mère. Je puis bien peu de chose, je ne suis presque rien; mais ce que je peux, ce que je suis, j'en voudrais faire le marchepied de sa gloire, puisque c'est dans la gloire qu'il cherche son bonheur. Vous voyez bien,

Salentini, que je n'ai pas ici l'amour en tête. J'ai l'esprit et le coeur forcément sérieux, et je n'ai pas de temps à perdre, ni de puissance à dépenser pour la satisfaction de mes fantaisies personnelles.

--Oh! oui, je vous comprends, m'écriai-je, une vie toute d'abnégation et de dévouement! Si vous êtes au théâtre, ce n'est point pour vous. Vous n'aimez pas le théâtre, vous! cela se voit, vous n'aspirez pas au succès. Vous dédaignez la gloriole; vous travaillez pour les autres.

--Je travaille pour mon père, reprit-elle, et c'est encore grâce à la Floriani que je peux travailler ainsi. Sans elle, je serais restée ce que j'étais, une pauvre petite ouvrière à la journée, gagnant à peine un morceau de pain pour empêcher son père de mendier dans les mauvais jours. Elle m'entendit une fois par hasard, et trouva ma voix agréable. Elle me dit que je pouvais chanter dans les salons, même au théâtre, les seconds rôles. Elle me donna un professeur excellent; je fis de mon mieux. Je n'étais déjà plus jeune, j'avais vingt six ans, et j'avais déjà beaucoup souffert; mais je n'aspirais point au premier rang, et cela fit que je parvins rapidement à pouvoir occuper le second. J'avais l'horreur du théâtre. Mon père y travaillant comme acteur, comme décorateur, comme souffleur même (il y a rempli tous les emplois, selon les jeux du hasard et de la fortune), je connaissais de bonne heure cette sentine d'impuretés où nulle fille ne peut se préserver de souillure, à moins d'être une martyre volontaire. J'hésitai longtemps; je donnais des leçons, je chantais dans les concerts; mais il n'y avait là rien d'assuré. Je manque d'audace, je n'entends rien à l'intrigue. Ma clientèle, fort bornée et fort modeste, m'échappait à tout moment. La Floriani mourut presque subitement. Je sentis que mon père n'avait plus que moi pour appui. Je franchis le pas, je surmontai mon aversion pour ce contact avec le public, qui viole la pureté de l'âme et flétrit le sanctuaire de la pensée. Je suis actrice depuis trois ans, je le serai tant qu'il plaira à Dieu. Ce que je souffre de cette contrainte de tous mes goûts, de cette violation de tous mes instincts, je ne le dis à personne. A quoi bon se plaindre? chacun n'a-t-il pas son fardeau? J'ai la force de porter le mien: je fais mon métier en conscience. J'aime l'art, je mentirais si je n'avouais pas que je l'aime de passion; mais j'aurais aimé à cultiver le mien dans des conditions toutes différentes. J'étais née pour tenir l'orgue dans un couvent de nonnes et pour chanter la prière du soir aux échos profonds et mystérieux d'un cloître. Qu'importe? ne parlons plus de moi, c'est trop!

La Boccaferri essuya rapidement une larme furtive et me tendit la main en souriant. Je me sentis hors de moi. Mon heure était venue: j'aimais!

IV.
FLÂNERIE.

Elle s'était levée pour partir; elle ramena son châle sur ses épaules. Elle était mal mise, affreusement mise, comme une actrice pauvre et fatiguée, qui s'est débarrassée à la hâte de son costume et qui s'enveloppe avec joie d'une robe de chambre chaude et ample pour s'en aller à pied par les rues. Elle avait un voile noir très-fané sur la tête et de gros souliers aux pieds, parce que le temps était à la pluie. Elle cachait ses jolies mains (je me rappelle ce détail exactement) dans de vilains gants tricotés. Elle était très pâle, même un peu jaune, comme j'ai remarqué depuis qu'elle le devenait quand on la forçait à remuer la cendre qui couvrait le feu de son âme. Probablement elle eût été moins belle que laide pour tout autre que moi en ce moment-là.

Eh bien! je la trouvai, pour la première fois de ma vie, la plus belle femme que j'eusse encore contemplée. Et elle l'était, en effet, j'en suis certain. Ce mélange de désespoir et de volonté, de dégoût et de courage, cette abnégation complète dans une nature si énergique, et par conséquent si capable de goûter la vie avec plénitude, cette flamme profonde, cette mémoire endolorie, voilées par un sourire de douceur naïve, la faisaient resplendir à mes yeux d'un éclat singulier. Elle était devant moi comme la douce lumière d'une petite lampe qu'on viendrait d'allumer dans une vaste église. D'abord ce n'est qu'une étincelle dans les ténèbres, et puis la flamme s'alimente, la clarté s'épure, l'oeil s'habitue et comprend, tous les objets s'illuminent peu à peu. Chaque détail se révèle sans que l'ensemble perde rien de sa lucidité transparente et de son austérité mélancolique. Au premier moment, on n'eût pu marcher sans se heurter dans ce crépuscule, et puis voilà qu'on peut lire à cette lampe du sanctuaire et que les images du temple se colorent et flottent devant vous comme des êtres vivants. La vue augmente à chaque seconde comme un sens nouveau, perfectionné, satisfait, idéalisé, par ce suave aliment d'une lumière pure, égale et sereine.

Cette métaphore, longue à dire, me vint rapide et complète dans la pensée. Comme un peintre que je suis, je vis le symbole avec les yeux de l'imagination en même temps que je regardais la femme avec les yeux du sentiment. Je m'élançai vers elle, je l'entourai de mes bras, en m'écriant follement: «Fiat lux! aimons-nous, et la lumière sera.»

Mais elle ne me comprit pas, ou plutôt elle n'entendit pas mes sottes paroles. Elle écoutait un bruit de voix dans la loge voisine. «Ah! mon Dieu! me dit-elle, voici mon père qui se querelle avec Célio! allons vite les distraire. Mon père sort du café. Il est très-animé à cette heure-ci, et Célio n'est guère disposé à entendre une théorie sur le néant de la gloire. Venez, mon ami!»

Elle s'empara de mon bras, et courut à la loge de Célio. Il devait se passer bien du temps avant que l'occasion de lui dire mon amour se retrouvât.

Le vieux Boccaferri était fort débraillé et à moitié ivre, ce qui lui arrivait toujours quand il ne l'était pas tout à fait. Célio, tout en se lavant la figure avec de la pâte de concombre, frappait du pied avec fureur.

--Oui, disait Boccaferri, je te le répéterai quand même tu devrais m'étrangler. C'est ta faute; tu as été mauvais, archimauvais! Je te savais bien mauvais, mais je ne te croyais pas encore capable d'être aussi mauvais que tu l'as été ce soir!

--Est-ce que je ne le sais pas que j'ai été mauvais, mauvais ivrogne que vous êtes? s'écria Célio en roulant sa serviette convulsivement pour la lancer à la figure du vieillard; mais, en voyant paraître Cécilia, il atténua ce mouvement dramatique, et la serviette vint tomber à nos pieds.--Cécilia, reprit-il, délivre-moi de ton fléau de père; ce vieux fou m'apporte le coup de pied de l'âne. Qu'il me laisse tranquille, ou je le jette par la fenêtre!

Cette violence de Célio sentait si fort le cabotin, que j'en fus révolté; mais la paisible Cécilia n'en parut ni surprise ni émue. Comme une salamandre habituée à traverser le feu, comme un nautonier familiarisé avec la tempête, elle se glissa entre les deux antagonistes, prit leurs mains et les força à se joindre en disant:--Et pourtant vous vous aimez! si mon père est fou ce soir, c'est de chagrin; si Célio est méchant, c'est qu'il est malheureux, mais il sait bien que c'est son malheur qui fait déraisonner son vieil ami.

Boccaferri se jeta au cou de Célio, et, le pressant dans ses bras: «Le ciel m'est témoin, s'écria-t-il, que je t'aime presque autant que ma propre fille!» Et il se mit à pleurer. Ces larmes venaient à la fois du coeur et de la bouteille. Célio haussa les épaules tout en l'embrassant.

--C'est que, vois-tu, reprit le vieillard, toi, ta mère, tes soeurs, ton jeune frère... je voudrais vous placer dans le ciel, avec une auréole, une couronne d'éclairs au front, comme des dieux!... Et voilà que tu fais un fiasco orribile pour ne m'avoir pas consulté!

Il déraisonna pendant quelques minutes, puis ses idées s'éclaircirent en parlant. Il dit d'excellentes choses sur l'amour de l'art, sur la personnalité mal entendue qui nuit à celle du talent. Il appelait cela la personnalité de la personne. Il s'exprima d'abord en termes heurtés, bizarres, obscurs; mais, à mesure qu'il parlait, l'ivresse se dissipait: il devenait extraordinairement lucide, il trouvait même des formes agréables pour faire accepter sa critique au récalcitrant Célio. Il lui dit à peu près les mêmes choses, quant au fond, que j'avais dites à la duchesse; mais il les dit autrement et mieux. Je vis qu'il pensait comme moi, ou plutôt que je pensais comme lui, et qu'il résumait devant moi ma propre pensée. Je n'avais jamais voulu faire attention aux paroles de ce vieillard, dont le désordre me répugnait. Je m'aperçus ce soir-là qu'il avait de l'intelligence, de la finesse, une grande science de la philosophie de l'art, et que, par moments il trouvait des mots qu'un homme de génie n'eût pas désavoués.

Célio l'écoutait l'oreille basse, se défendant mal, et montrant, avec la naïveté généreuse qui lui était propre, qu'il était convaincu en dépit de lui-même. L'heure s'écoulait, on éteignait jusque dans les couloirs, et les portes du théâtre allaient se fermer.

Boccaferri était partout chez lui. Avec cette admirable insouciance qui est une grâce d'état pour les débauchés, il eût couché sur les planches ou bavardé jusqu'au jour sans s'aviser de la fatigue d'autrui plus que de la sienne propre. Cécilia le prit par le bras pour l'emmener, nous dit adieu dans la rue, et je me trouvai seul avec Célio, qui, se sentant trop agité pour dormir, voulut me reconduire jusqu'à mon domicile.

--Quand je pense, me disait-il, que je suis invité à souper ce soir dans dix maisons, et qu'à l'heure qu'il est, toutes mes connaissances sont censées me chercher pour me consoler! Mais personne ne s'impatiente après moi, personne ne regrettera mon absence, et je n'ai pas un ami qui m'ait bien cherché, car j'étais dans la loge de Cécilia, et, en ne me trouvant pas dans la mienne, on n'essayait pas de savoir si j'étais de l'autre côté de la cloison. A travers cette cloison maudite, j'ai entendu des mots qui devront me faire réfléchir. «Il est déjà parti! Il est donc désespéré!--Pauvre diable!--Ma foi! je m'en vais.--Je lui laisse ma carte.--J'aime autant l'avoir manqué ce soir, etc.» C'est ainsi que mes bons et fidèles amis se parlaient l'un à l'autre. Et je me tenais coi, enchanté de les entendre partir. Et votre duchesse! qui devait m'envoyer prendre par son sigisbée avec sa voiture? Je n'ai pas eu la peine de refuser son thé. Vous en tenez pour cette duchesse, vous? Vous avez grand tort; c'est une dévergondée. Attendez d'avoir un fiasco dans votre art, et vous m'en direz des nouvelles. Au reste, celle-là ne m'a pas trompé. Dès le premier jour, j'ai vu qu'elle faisait passer son monde sous la toise, et que, pour avoir les grandes entrées chez elle, il fallait avoir son brevet de grand homme à la main.

--Je ne sais, répondis-je, si c'est le dépit ou l'habitude qui vous rend cynique, Célio; mais vous l'êtes, et c'est une tache en vous. A quoi bon un langage si acerbe? Je ne voudrais pas qualifier de dévergondée une femme dont j'aurais à me plaindre. Or, comme je n'ai pas ce droit-là, et que je ne suis pas amoureux de la duchesse le moins du monde, je vous prie d'en parler froidement et poliment devant moi; vous me ferez plaisir, et je vous estimerai davantage.

--Écoutez, Salentini, reprit vivement Célio, vous êtes prudent, et vous louvoyez à travers le monde comme tant d'autres. Je ne crois pas que vous ayez raison; du moins ce n'est pas mon système. Il faut être franc pour être fort, et moi, je veux exercer ma force à tout prix. Si vous n'êtes pas l'amant de la duchesse, c'est que vous ne l'avez pas voulu, car, pour mon compte, je sais que je l'aurais été, si cela eût été de mon goût. Je sais ce qu'elle m'a dit de vous au premier mot de galanterie que je lui ai adressé (et je le faisais par manière d'amusement, par curiosité pure, je vous l'atteste): je regardais une jolie esquisse que vous avez faite d'après elle et qu'elle a mise, richement encadrée, dans son boudoir. Je trouvais le portrait flatté, et je le lui disais, sans qu'elle s'en doutât, en insinuant que cette noble interprétation de sa beauté ne pouvait avoir été trouvée que par l'amour. «Parlez plus bas, me répondit-elle d'un air de mystère. J'ai bien du mal à tenir cet homme-là en bride.» On sonna au même instant. «Ah! mon Dieu! dit-elle, c'est peut-être lui qui force ma porte; sortons d'ici. Je ne veux pas vous faire un ennemi, à la veille de débuter.--Oui, oui, répondis-je ironiquement; vous êtes si bonne pour moi, que vous le rendriez heureux rien que pour me préserver de sa haine.» Elle crut que c'était une déclaration, et, m'arrêtant sur le seuil de son boudoir: «Que dites-vous là? s'écria-t-elle; si vous ne craignez rien pour vous, je ne crains pour moi que l'ennui qu'il me cause. Qu'il vienne, qu'il se fâche, restons!» C'était charmant, n'est-ce pas, monsieur Salentini? mais je ne restai point. J'attendais cette belle dame à l'épreuve de mon succès ou de ma chute. Si vous voulez venir avec moi chez elle, nous rirons. Tenez, voulez-vous?

--Non, Célio; ce n'est pas avec les femmes que je veux faire de la force; les coquettes surtout n'en valent pas la peine. L'ironie du dépit les flatte plus qu'elle ne les mortifie. Ma vengeance, si vengeance il y a, c'est la plus grande sérénité d'âme dans ma conduite avec celle-ci désormais.

--Allons, vous êtes meilleur que moi. Il est vrai que vous n'avez pas été chuté ce soir, ce qui est fort malsain, je vous jure, et crispe les nerfs horriblement; mais il me semble que vous êtes un calmant pour moi. Ne trouvez pas le mot blessant: un esprit qui nous calme est souvent un esprit qui nous domine, et il se peut que le calme soit la plus grande des forces de la nature.

--C'est celle qui produit, lui dis-je. L'agitation, c'est l'orage qui dérange et bouleverse.

--Comme vous voudrez, reprit-il; il y a temps pour tout, et chaque chose a son usage. Peut-être que l'union de deux natures aussi opposées que la vôtre et la mienne ferait une force complète. Je veux devenir votre ami, je sens que j'ai besoin de vous, car vous saurez que je suis égoïste et que je ne commence rien sans me demander ce qui m'en reviendra; mais c'est dans l'ordre intellectuel et moral que je cherche mes profits. Dans les choses matérielles, je suis presque aussi prodigue et insouciant que le vieux Boccaferri, lequel serait le premier des hommes, si le genre humain n'était pas la dernière des races. Tenez, il a raison, ce Boccaferri, et j'avais tort de ne pas vouloir supporter son insolence tout à l'heure. Il m'a dit la vérité. J'ai perdu la partie parce que j'étais au-dessous de moi-même. Là-dessus, j'étais d'accord avec lui; mais j'ai été au-dessous de mon propre talent et j'ai manqué d'inspiration parce que jusqu'ici j'ai fait fausse route. Un talent sain et dispos est toujours prêt pour l'inspiration. Le mien est malade, et il faut que je le remette au régime. Voilà pourquoi je suivrai son conseil et n'écouterai pas celui que votre politesse me donnait. Je ne tenterai pas une seconde épreuve avant de m'être retrempé. Il faut que je sois à l'abri de ces défaillances soudaines, et pour cela je dois envisager autrement la philosophie de mon art. Il faut que je revienne aux leçons de ma mère, que je n'ai pas voulu suivre, mais que je garde écrites en caractères sacrés dans mon souvenir. Ce soir, le vieux Boccaferri a parlé comme elle, et la paisible Cécilia... cette froide artiste qui n'a jamais ni blâme ni éloge pour ce qui l'entoure, oui, oui, la vieille Cécilia a glissé, comme point d'orgue aux théories de son père, deux ou trois mots qui m'ont fait une grande impression, bien que je n'aie pas eu l'air de les entendre.

--Pourquoi l'appelez-vous la vieille Cécilia, mon cher Célio? Elle n'a que bien peu d'années de plus que vous et moi.

--Oh! c'est une manière de dire, une habitude d'enfance, un terme d'amitié, si vous voulez. Je l'appelle mon vieux fer. C'est un sobriquet tiré de son nom, et qui ne la fâche pas. Elle a toujours été en avant de son âge, triste, raisonnable et prudente. Quand j'étais enfant, j'ai joué quelquefois avec elle dans les grands corridors des vieux palais; elle me cédait toujours, ce qui me la faisait croire aussi vieille que ma bonne, quoiqu'elle fût alors une jolie fille. Nous ne nous sommes bien connus et rencontrés souvent que depuis la mort de ma mère, c'est-à-dire depuis qu'elle est au théâtre et que je suis sorti du nid où j'ai été couvé si longtemps et avec tant d'amour. J'ai déjà pas mal couru le monde depuis deux ans. J'étais arriéré en fait d'expérience; j'étais avide d'en acquérir, et je me suis dénoué vite. Le furieux besoin que j'avais de vivre par moi-même m'a étourdi d'abord sur ma douleur, car j'avais une mère telle qu'aucun homme n'en a eu une semblable. Elle me portait encore dans son coeur, dans son esprit, dans ses bras, sans s'apercevoir que j'avais vingt-deux ans, et moi je ne m'en apercevais pas non plus, tant je me trouvais bien ainsi; mais elle partie pour le ciel, j'ai voulu courir, bâtir, posséder sur la terre. Déjà je suis fatigué, et j'ai encore les mains vides. C'est maintenant que je sens réellement que ma mère me manque; c'est maintenant que je la pleure, que je crie après elle dans la solitude de mes pensées... Eh bien! dans cette solitude effrayante toujours, navrante parfois pour un homme habitué à l'amour exclusif et passionné d'une mère, il y a un être qui me fait encore un peu de bien et auprès duquel je respire de toute la longueur de mon haleine, c'est la Boccaferri. Voyez-vous, Salentini, je vais vous dire une chose qui vous étonnera; mais pesez-la, et vous la comprendrez: je n'aime pas les femmes, je les déteste, et je suis affreusement méchant avec elles. J'en excepte une seule, la Boccaferri, parce que, seule, elle ressemble par certains côtés à ma mère, à la femme qui est cause de mon aversion pour toutes les autres; comprenez-vous cela?

--Parfaitement, Célio. Votre mère ne vivait que pour vous, et vous vous étiez habitué à la société d'une femme qui vous aimait plus qu'elle-même... Ah! vous ne savez pas à qui vous parlez, Célio, et quelles souffrances tout opposées ce nom de mère réveille dans mon coeur! Plus mon enfance a différé de la vôtre, mieux je vous comprends, ô enfant gâté, insolent et beau comme le bonheur! Aussi tant qu'a duré votre virginale inexpérience, vous avez cru que la femme était l'idéal du dévouement, que l'amour de la femme était le bien suprême pour l'homme; enfin, qu'une femme ne servait qu'à nous servir, à nous adorer, à nous garantir, à écarter de nous le danger, le mal, la peine, le souci, et jusqu'à l'ennui, n'est-ce pas?

--Oui, oui, c'est cela, s'écria Célio en s'arrêtant et en regardant le ciel. L'amour d'une femme, c'était, dans mon attente, la lumière splendide et palpitante d'une étoile qui ne défaille et ne pâlit jamais. Ma mère m'aimait comme un astre verse le feu qui féconde. Auprès d'elle, j'étais une plante vivace, une fleur aussi pure que la rosée dont elle me nourrissait. Je n'avais pas une mauvaise pensée, pas un doute, pas un désir. Je ne me donnais pas la peine de vivre par moi-même dans les moments où la vie eût pu me fatiguer. Elle souffrait pourtant; elle mourait, rongée par un chagrin secret, et moi, misérable, je ne le voyais pas. Si je l'interrogeais à cet égard, je me laissais rassurer par ses réponses; je croyais à son divin sourire..... Je la tenais un matin inanimée dans mes bras; je la rapportais dans sa maison la croyant évanouie... Elle était morte, morte! et j'embrassais son cadavre...

Célio s'assit sur le parapet d'un pont que nous traversions en ce moment-là. Un cri de désespoir et de terreur s'échappa de sa poitrine, comme si une apparition eût passé devant lui. Je vis bien que ce pauvre enfant ne savait pas souffrir. Je craignis que ce souvenir réveillé et envenimé par son récent désastre ne devînt trop violent pour ses nerfs; je le pris par le bras, je l'emmenai.

--Vous comprenez, me dit-il en reprenant le fil de ses idées, comment et pourquoi je suis égoïste; je ne pouvais pas être autrement, et vous comprenez aussi pourquoi je suis devenu haineux et colère aussitôt qu'en cherchant l'amour et l'amitié dans le commerce de mes semblables, je me suis heurté et brisé contre des égoïsmes pareils au mien. Les femmes que j'ai rencontrées (et je commence à croire que toutes sont ainsi) n'aiment qu'elles-mêmes, ou, si elles nous aiment un peu, c'est par rapport à elles, à cause de la satisfaction que nous donnons à leurs appétits de vanité ou de libertinage. Que nous ne leur soyons plus bons à rien, elles nous brisent et nous marchent sur la figure, et vous voudriez que j'eusse du respect pour ces créatures ambitieuses ou sensuelles, qui remarquent que je suis beau et que je pourrais bien avoir de l'avenir! Oh! ma mère m'eût aimé bossu et idiot! mais les autres!... Essayez, essayez d'y croire, Salentini, et vous verrez!

--Mon cher Célio, vous avez raison en général; mais, en faveur des exceptions possibles, vous ne devriez pas tant vous hâter de tout maudire. Moi qui n'ai jamais été gâté, et qui n'ai encore été aimé de personne, j'espère encore, j'attends toujours.

--Vous n'avez jamais été aimé de personne?... Vous n'avez pas eu de mère?... ou la vôtre ne valait pas mieux que vos maîtresses? Pauvre garçon! En ce cas, vous avez toujours été seul avec vous-même, et il n'y a point de plus terrible tête-à-tête. Ah! je voudrais être aimant, Salentini, je vous aimerais, car ce doit être un grand bonheur que de pouvoir faire le bonheur d'un autre!

--Étrange coeur que vous êtes, Célio! Je ne vous comprends pas encore; mais je veux vous connaître, car il me semble qu'en dépit de vos contradictions et de votre inconséquence, en dépit de votre prétention à la haine, à l'égoïsme, à la dureté, il y a en vous quelque chose de l'âme qui vous a versé ses trésors.

--Quelque chose de ma mère? je ne le crois pas. Elle était si humble dans sa grandeur, cette âme incomparable, qu'elle craignait toujours de détruire mon individualité en y substituant la sienne. Elle me développait dans le sens que je lui manifestais, elle me prenait tel que je suis, sans se douter que je puisse être mauvais. Ah! c'est là aimer, et ce n'est pas ainsi que nos maîtresses nous aiment, convenez-en.

--Comment se fait-il que, comprenant si bien la grandeur et la beauté du dévouement dans l'amour, vous ne le sentiez pas vivre ou germer dans votre propre sein?

--Et vous, Salentini, répondit-il en m'arrêtant avec vivacité, que portez-vous ou que couvez-vous dans votre âme? Est-ce le dévouement aux autres? non, c'est le dévouement à vous-même, car vous êtes artiste. Soyez sincère, je ne suis pas de ceux qui se paient des mots sonores vulgairement appelés blagues de sentiment.

--Vous me faites trembler, Célio, lui dis-je, et, en me pénétrant d'un examen si froid, vous me feriez douter de moi-même.

Laissez-moi jusqu'à demain pour vous répondre, car me voici à ma porte, et je crains que vous ne soyez fatigué. Où demeurez-vous, et à quelle heure secouez-vous les pavots du sommeil?

--Le sommeil! encore une blague! répondit-il; je suis toujours éveillé. Venez me demander à déjeuner aussitôt que vous voudrez. Voilà ma carte.

Il ralluma son cigare au mien, et s'éloigna.

V.
DÉPIT.

J'étais fatigué, et pourtant je ne pus dormir. Je comptai les heures sans réussir à résumer les émotions de ma soirée et à conclure avec moi-même. Il n'y avait qu'une chose certaine pour moi, c'est que je n'aimais plus la duchesse, et que j'avais failli faire une lourde école en m'attachant à elle; mais une âme blessée cherche vite une autre blessure pour effacer celle qui mortifie l'amour-propre, et j'éprouvais un besoin d'aimer qui me donnait la fièvre. Pour la première fois, je n'étais plus le maître absolu de ma volonté; j'étais impatient du lendemain. Depuis douze heures, j'étais entré dans une nouvelle phase de ma vie, et, ne me reconnaissant plus, je me crus malade.

Je ne l'avais jamais été, ma santé avait fait ma force; je m'étais développé dans un équilibre inappréciable. J'eus peur en me sentant le pouls légèrement agité. Je sautai à bas de mon lit; je me regardai dans une glace, et je me mis à rire. Je rallumai ma lampe, je taillai un crayon, je jetai sur un bout de papier les idées qui me vinrent. Je fis une composition qui me plut, quoique ce fût une mauvaise composition. C'était un homme assis entre son bon et son mauvais ange. Le bon ange était distrait et comme pris de sollicitude pour un passant auquel le mauvais ange faisait des agaceries dans le même moment. Entre ces deux anges, le personnage principal délaissé, et ne comptant ni sur l'un ni sur l'autre, regardait en souriant une fleur qui personnifiait pour lui la nature. Cette allégorie n'avait pas le sens commun, mais elle avait une signification pour moi seul. Je me crus vainqueur de mon angoisse; je me recouchai, je m'assoupis, j'eus le cauchemar: je rêvai que j'égorgeais Célio.

Je quittai mon lit décidément, je m'habillai aux premières lueurs de l'aube; j'allai faire un tour de promenade sur les remparts, et, quand le soleil fut levé, je gagnai le logis de Célio.

Célio ne s'était pas couché, je le trouvai écrivant des lettres.--Vous n'avez pas dormi, me dit-il, et vous êtes fatigué pour avoir essayé de dormir? J'ai fait mieux que vous; j'ai passé la nuit dehors. Quand on est excité, il faut s'exciter davantage; c'est le moyen d'en finir plus vite.

--Fi! Célio, dis-je en riant, vous me scandalisez.

--Il n'y a pas de quoi, reprit-il, car j'ai passé la nuit sagement à causer et à écrire avec la plus honnête des femmes.

--Qui? mademoiselle Boccaferri?

--Eh! pourquoi devinez-vous? Est-ce que.... mais il serait trop tard, elle est partie.

--Partie!

--Ah! vous pâlissez? Tiens, tiens! je ne m'étais pas aperçu de cela; il est vrai que j'étais tout plongé en moi-même hier soir. Mais écoutez: en vous quittant cette nuit, j'étais de fort mauvaise humeur contre vous. J'aurais causé encore deux heures avec plaisir, et vous me disiez d'aller me reposer, ce qui voulait dire que vous aviez assez de moi. Résolu à causer jusqu'au grand jour, n'importe avec qui, j'allai droit chez le vieux Boccaferri. Je sais qu'il ne dort jamais de manière, même quand il a bu, à ne pas s'éveiller tout d'un coup le plus honnêtement du monde et parfaitement lucide. Je vois de la lumière à sa fenêtre, je frappe, je le trouve debout causant avec sa fille. Ils accourent à moi, m'embrassent et me montrent une lettre qui était arrivée chez eux pendant la soirée et qu'ils venaient d'ouvrir en rentrant. Ce que contenait cette lettre, je ne puis vous le dire, vous le saurez plus tard; c'est un secret important pour eux, et j'ai donné ma parole de n'en parler à qui que ce soit. Je les ai aidés à faire leurs paquets; je me suis chargé d'arranger ici leurs affaires avec le théâtre; j'ai causé des miennes avec Cécilia, pendant que le vieux allait chercher une voiture. Bref, il y a une heure que je les y ai vus monter et sortir de la ville. A présent me voilà réglant leurs comptes, en attendant que j'aille à la direction théâtrale pour dégager la Cécilia de toutes poursuites. Ne me questionnez pas, puisque j'ai la bouche scellée; mais je vous prie de remarquer que je suis fort actif et fort joyeux ce matin, que je ne songe pas à ménager la fraîcheur de ma voix, enfin que je fais du dévouement pour mes amis, ni plus ni moins qu'un simple épicier. Que cela ne vous émerveille pas trop! je suis obligeant, parce que je suis actif, et qu'au lieu de me coûter, cela m'occupe et m'amuse, voilà tout.

--Vous ne pouvez même pas me dire vers quelle contrée ils se dirigent!

--Pas même cela. C'est bien cruel, n'est-ce pas? Prenez-vous-en à la Boccaferri, qui n'a pas fait d'exception en votre faveur au silence qu'elle m'imposait, tant les femmes sont ingrates et perverses!

--J'avais cru que vous, vous faisiez une exception en faveur de mademoiselle Boccaferri dans vos anathèmes contre son sexe?

--Parlons-nous sérieusement? Oui, certes, elle est une exception, et je le proclame. C'est une femme honnête; mais pourquoi? Parce qu'elle n'est point belle.

--Vous êtes bien persuadé qu'elle n'est pas belle? repris-je avec feu; vous parlez comme un comédien, mais non comme un artiste. Moi, je suis peintre, je m'y connais, et je vous dis qu'elle est plus belle que la duchesse de X..., qui a tant de réputation, et que la prima donna actuelle, dont on fait tant de bruit.

Je m'attendais à des plaisanteries ou à des négations de la part de Célio. Il ne me répondit rien, changea de vêtements, et m'emmena déjeuner. Chemin faisant, il me dit brusquement:--Vous avez parfaitement raison, elle est plus belle qu'aucune femme au monde. Seulement j'avais la mauvaise honte de le nier, parce que je croyais être le seul à m'en apercevoir.

--Vous parlez comme un possesseur, Célio, comme un amant.

--Moi! s'écria-t-il en tournant son visage vers le mien avec assurance, je ne le suis pas, je ne l'ai jamais été, et je ne le serai jamais!

--D'où vient que vous ne désirez pas l'être?

--De ce que je la respecte et veux l'aimer toujours, de ce qu'elle a été la protégée de ma mère qui l'estimait, de ce qu'elle est, après moi (et peut-être autant que moi), le coeur qui a le mieux compris, le mieux aimé, le mieux pleuré ma mère. Oh! ma vieille

Cécilia, jamais! c'est une tête sacrée, et c'est la seule tête portant un bonnet sur laquelle je ne voudrais pas mettre le pied.

--Toujours étrange et inconséquent, Célio!... Vous reconnaissez qu'elle est respectable et adorable, et vous méprisez tant votre propre amour, que vous l'en préservez comme d'une souillure! Vous ne pouvez donc que flétrir et dégrader ce que votre souffle atteint! Quel homme ou quel diable êtes-vous? Mais, permettez-moi de vous le dire et d'employer un des mots crus que vous aimez, ceci me paraît de la blague, une prétention au méphistophélisme, que votre âge et votre expérience ne peuvent pas encore justifier. Bref, je ne vous crois pas. Vous voulez m'étonner, faire le fort, l'invincible, le satanique; mais, tout bonnement, vous êtes un honnête jeune homme, un peu libertin, un peu taquin, un peu fanfaron... pas assez pourtant pour ne pas comprendre qu'il faut épouser une honnête fille quand on l'a séduite; et comme vous êtes trop jeune ou trop ambitieux pour vous décider si tôt à un mariage si modeste, vous ne voulez pas faire la cour à mademoiselle Boccaferri.

--Plût au ciel que je fusse ainsi! dit Célio sans montrer d'humeur et sans regimber; je ne serais pas malheureux, et je le suis pourtant! Ce que je souffre est atroce... Ah! si j'étais honnête et bon, je serais naïf, j'épouserais demain la Boccaferri, et j'aurais une existence calme, rangée, charmante, d'autant plus que ce ne serait peut-être pas un mariage aussi modeste que vous croyez. Qui connaît l'avenir? Je ne puis m'expliquer là-dessus; mais sachez que, quand même la Cécilia serait une riche héritière, parée d'un grand nom, je ne voudrais pas devenir amoureux d'elle. Écoutez, Salentini, une grande vérité, bien niaise, un lieu commun: l'amour des mauvaises femmes nous tue; l'amour des femmes grandes et bonnes les tue. Nous n'aimons beaucoup que ce qui nous aime peu, et nous aimons mal ce qui nous aime bien. Ma mère est morte de cela, à quarante ans, après dix années de silence et d'agonie.

--C'est donc vrai? je l'avais entendu dire.

--Celui qui l'a tuée vit encore. Je n'ai jamais pu l'amener à se battre avec moi. Je l'ai insulté atrocement, et lui qui n'est point un lâche, tant s'en faut, il a tout supporté plutôt que de lever la main contre le fils de la Floriani... Aussi je vis comme un réprouvé, avec une vengeance inassouvie qui fait mon supplice, et je n'ai pas le courage d'assassiner l'assassin de ma mère! Tenez, vous voyez en moi un nouvel Hamlet, qui ne pose pas la douleur et la folie, mais qui se consume dans le remords, dans la haine et dans la colère. Et pourtant, vous l'avez dit, je suis bon: tous les égoïstes sont faciles à vivre, tolérants et doux. Mais je suivrai l'exemple d'Hamlet, je ne briserai point la pâle Ophélia; qu'elle aille dans un cloître plutôt! je suis trop malheureux pour aimer. Je n'en ai plus le temps ni la force. Et puis Hamlet se complique en moi de passions encore vivantes; je suis ambitieux, personnel; l'art, pour moi, n'est qu'une lutte, et la gloire qu'une vengeance. Mon ennemi avait prédit que je ne serais rien, parce que ma mère m'avait trop gâté. Je veux l'écraser d'un éclatant démenti à la face du monde. Quant à la Boccaferri, je ne veux pas être pour elle ce que cet homme maudit a été pour ma mère, et je le serais! Voyez-vous, il y a une fatalité! Les orages et les malheurs qui nous frappent dans notre enfance s'attachent à nous comme des furies, et, plus nous tâchons de nous en préserver, plus nous sommes entraînés, par je ne sais quel funeste instinct d'imitation, à les reproduire plus tard: le crime est contagieux. L'injustice et la folie, que j'ai détestées chez l'amant de ma mère, je les sens s'éveiller en moi dès que je commence à aimer une femme. Je ne veux donc pas aimer, car, si je n'étais pas la victime, je serais le bourreau.

--Donc vous avez peur aussi, quelquefois et à votre insu, d'être la victime? Donc vous êtes capable d'aimer?

--Peut-être; mais j'ai vu, par l'exemple de ma mère, dans quel abîme nous précipite le dévouement, et je ne veux pas tomber dans cet abîme.

--Et vous ne croyez pas que l'amour puisse être soumis à d'autres lois qu'à cette diabolique alternative du dévouement méconnu et immolé, ou de la tyrannie délirante et homicide?

--Non!

--Pauvre Célio, je vous plains, et je vois que vous êtes un homme faible et passionné. Je vous connais enfin: vous êtes destiné, en effet, à être victime ou bourreau; mais vous ne faites là le procès qu'à vous-même, et le genre humain n'est pas forcément votre complice.

--Ah! vous me méprisez, parce que vous avez meilleure opinion de vous-même? s'écria Célio avec amertume; eh bien, attendons. Si vous êtes sincère, nous philosopherons ensemble un jour: nous ne disputerons plus. Jusque-là, que voulez-vous faire? La cour à ma vieille Boccaferri? En ce cas, prenez garde! je veille à sa défense comme un jeune chien déjà méfiant et hargneux. Il vous faudra marcher droit avec elle. Si je la respecte, ce n'est pas pour permettre aux autres de s'emparer d'elle, même dans le secret de leurs pensées.

Je fus frappé de l'âpreté de ces dernières paroles de Célio et de l'accent de haine et de dépit qui les accompagna.--Célio, lui dis-je, vous serez jaloux de la Boccaferri, vous l'êtes déjà; convenez que nous sommes rivaux! Soyons francs, je vous en supplie, puisque vous dites que la franchise c'est le signe de la force. Vous m'avez dit que vous n'étiez pas son amant et que vous ne vouliez pas l'être; mais descendez dans le plus profond de votre coeur, et voyez si vous êtes bien sûr de l'avenir; puis vous me direz si je vais sur vos brisées, et si nous sommes dès aujourd'hui amis ou ennemis.

--Ce que vous me demandez là est délicat, répondit-il; mais ma réponse ne se fera pas attendre. Je ne mens jamais aux autres ni à moi-même. Je ne serai jamais jaloux de la Cécilia, parce que je n'en serai jamais amoureux... à moins que pourtant elle ne devienne amoureuse de moi, ce qui est aussi vraisemblable que de voir la duchesse devenir sincère et le vieux Boccaferri devenir sobre.

--Et pourquoi donc, Célio? Si, par malheur pour moi, la Cécilia vous voyait et vous entendait en cet instant, elle pourrait bien être émue, tremblante, indécise...

--Si je la voyais indécise, émue et tremblante, je fuirais, je vous en donne ma parole d'honneur, monsieur Salentini! Je sais trop ce que c'est que de profiter d'un moment d'émotion et de prendre les femmes par surprise. Ce n'est pas ainsi que je voudrais être aimé d'une femme comme la Boccaferri; je n'y trouverais aucun plaisir et aucune gloire, parce qu'elle est sincère et honnête, parce qu'elle ne me cacherait pas sa honte et ses larmes, parce qu'au lieu de volupté je ne lui donnerais et ne recevrais d'elle que de la douleur et des remords. Oh! non, ce n'est pas ainsi que je voudrais posséder une femme pure! Et, comme je ne cherche que l'ivresse, je ne m'adresserai jamais qu'à celles qui ne veulent rien de plus. Êtes-vous content?

--Pas encore, ami: rien ne me prouve que la Boccaferri ne vous aime pas profondément, et que l'amitié qu'elle proclame pour vous ne soit pas un amour qu'elle se cache encore à elle-même. S'il en était ainsi, si un jour ou l'autre vous veniez à le découvrir, vous me la disputeriez, n'est-ce pas?

--Oui, certes, Monsieur, répondit Célio sans hésiter, et, puisque vous l'aimez, vous devez comprendre que son amour ne soit pas chose indifférente... Mais alors, mon ami, ajouta-t-il saisi d'un attendrissement douloureux qui se peignit sur son visage expressif et sincère, je vous demanderais en grâce de vous battre avec moi. J'aurais la chance d'être tué, parce que je me bats mal. Je suis passé maître à la salle d'armes: en présence d'un adversaire réel, je suis ému, la colère me transporte, et j'ai toujours été blessé. Ma mort sauverait la Cécilia de mon amour. Ainsi, ne me manquez pas, si nous en venons jamais là. A présent, déjeunons, rions et soyons amis, car je suis bien sûr qu'elle me regarde comme un enfant; je ne vois en elle qu'une vieille amie, et, si cela continue, je ne vous porterai pas ombrage... Mais vous l'épouseriez, n'est-ce pas? autrement je me battrais de sang-froid, et je vous tuerais, comptez-y.

--A la bonne heure, répondis-je. Ce que vous me dites là me prouve qui elle est, et ce respect pour la vertu dans la bouche d'un soi-disant libertin me pousse au mariage les yeux fermés.

Nous nous serrâmes la main, et notre repas fut fort enjoué. J'étais plein d'espoir et de confiance, je ne sais pourquoi, car mademoiselle Boccaferri était partie. Je ne savais plus quand ni où je la retrouverais, et elle ne m'avait pas accordé seulement un regard qui pût me faire croire à son amour pour moi. Étais-je en proie à un accès de fatuité? Non, j'aimais. Mon entretien avec Célio venait de rendre évident pour moi ce mérite que j'avais deviné la veille. L'amour élargit la poitrine et parfume l'air qui y pénètre: c'était mon premier amour véritable, je me sentais heureux, jeune et fort; tout se colorait à mes yeux d'une lumière plus vive et plus pure.

--Savez-vous un rêve que je faisais ces jours-ci, me dit Célio, et qui me revient plus sérieux après mon fiasco? C'est d'aller passer quelques semaines, quelques mois peut-être, dans un coin tranquille et ignoré, avec le vieux fou Boccaferri et sa très-raisonnable fille. A eux deux ils possèdent le secret de l'art: chacun en représente une face. Le père est particulièrement inventif et spontané, la fille éminemment consciencieuse et savante, car c'est une grande musicienne que la Cécilia; le public ne s'en doute pas, et vous, vous n'en savez probablement rien non plus. Eh bien, elle est peut-être la dernière grande musicienne que possédera l'Italie. Elle comprend encore les maîtres qu'aucun nouveau chanteur en renom ne comprend plus. Qu'elle chante dans un ensemble, avec sa voix qu'on entend à peine, tout le monde marche sans se rendre compte qu'elle seule contient et domine toutes les parties par sa seule intelligence, et sans que la force du poumon y soit pour rien. On le sent, on ne le dit pas. Quels sont les favoris du public qui voudraient avouer la supériorité d'un talent qu'on n'applaudit jamais? Mais allez ce soir au théâtre, et vous verrez comment marchera l'opéra; on s'apercevra un peu de la lacune creusée par l'absence de la Boccaferri! Il est vrai qu'on ne dira pas à quoi tient ce manque d'ensemble et d'âme collective. Ce sera l'enrouement de celui-ci, la distraction de celui-là; les voix s'en prendront à l'orchestre, et réciproquement. Mais moi, qui serai spectateur ce soir, je rirai de la déroute générale, et je me dirai: Sot public, vous aviez un trésor, et vous ne l'avez jamais compris! Il vous faut des roulades, on vous en donne en veux-tu? en voilà, et vous n'êtes pas content! Tâchez donc de savoir ce que vous voulez. En attendant, moi, j'observe et je me repose.

--Vous ne m'apprenez rien, Célio; précisément hier soir je rompais une lance contre la duchesse de... pour le talent élevé et profond de mademoiselle Boccaferri.

--Mais la duchesse ne peut pas comprendre cela, reprit Célio en haussant les épaules. Elle n'est pas plus artiste que ma botte! Et il faut être extrêmement fort pour reconnaître des qualités enfouies sous un fiasco perpétuel, car c'est là le sort de la pauvre Boccaferri. Qu'elle dise comme un maître les parties les plus insignifiantes de son rôle, quatre ou cinq vrais dilettanti épars dans les profondeurs de la salle souriront d'un plaisir mystérieux et tranquille. Quelques demi-musiciens diront: «Quelle belle musique! comme c'est écrit» sans reconnaître qu'ils ne se fussent pas aperçus de cette perfection dans le détail d'une belle chose si la seconda donna n'était pas une grande artiste. Ainsi va le monde, Salentini! Moi, je veux faire du bruit, et je cherche le succès de toute la puissance de ma volonté, mais c'est pour me venger du public que je hais, c'est pour le mépriser davantage. Je me suis trompé sur les moyens, mais je réussirai à les trouver, en profitant du vieux Boccaferri, de sa fille, et de moi-même par-dessus tout. Pour cela, voyez-vous, il faut que je me perfectionne comme véritable artiste; ce sera l'affaire de peu de temps; chaque année, pour moi, représente dix ans de la vie du vulgaire; je suis actif et entêté. Quand j'aurai acquis ce qui me manque pour moi-même, je saurai parfaitement ce qui manque au public pour comprendre le vrai mérite. Je parviendrai à être infiniment plus mauvais que je ne l'ai été hier devant lui, et par conséquent à lui plaire infiniment. Voilà ma théorie. Comprenez-vous!

--Je comprends qu'elle est fausse, et que si vous ne cherchez pas le beau et le vrai pour l'enseigner au public, en supposant que vous lui plaisiez dans le faux, vous ne posséderez jamais le vrai. On ne dédouble jamais son être à ce point. On ne fait point la grimace sans qu'il en reste un pli au plus beau visage. Prenez garde, vous avez fait fausse route, et vous allez vous perdre entièrement.

--Et voyez pourtant l'exemple de la Cécilia! s'écria Célio fort animé; ne possède-t-elle pas le vrai en elle, ne s'opiniâtre-t-elle pas à ne donner au public que du vrai, et n'est-elle pas méconnue et ignorée? Et il ne faut pas dire qu'elle est incomplète et qu'elle manque de force et de feu. Voyez-vous, pas plus loin qu'il y a deux jours, j'ai entendu la Boccaferri chanter et déclamer seule entre quatre murs et ne sachant pas que j'étais là pour l'écouter. Elle embrasait l'atmosphère de sa passion, elle avait des accents à faire vibrer et tressaillir une foule comme un seul homme. Cependant elle ne méprise pas le public, elle se borne à ne pas l'aimer. Elle chante bien devant lui, pour son propre compte, sans colère, sans passion, sans audace. Le public reste sourd et froid; il veut, avant tout, qu'on se donne de la peine pour lui plaire, et moi, je m'en donnerai; mais il me le paiera, car je ne lui donnerai de mon feu et de ma science que le rebut, encore trop bon pour lui.

Je ne pus calmer Célio. Il prenait beaucoup de café en jurant contre la platitude du café viennois. Il cherchait à s'exciter de plus en plus. La rage de sa défaite lui revenait plus amère. Je lui rappelai qu'il fallait aller au théâtre; il y courut en me donnant rendez-vous pour le soir chez moi.

VI.
LA DUCHESSE.

A l'heure convenue, j'attendais Célio, mais je ne reçus qu'un billet ainsi conçu:

«Mon cher ami, je vous envoie de l'argent et des papiers pour que vous ayez à terminer demain l'affaire de mademoiselle Boccaferri avec le théâtre. Rien n'est plus simple: il s'agit de verser la somme ci-jointe et de prendre un reçu que vous conserverez. Son engagement était à la veille d'expirer, et elle n'est passible que d'une amende ordinaire pour deux représentations auxquelles elle fait défaut. Elle trouve ailleurs un engagement plus avantageux. Moi, je pars, mon cher ami. Je serai parti quand vous recevrez cet adieu. Je ne puis supporter une heure de plus l'air du pays et les compliments de condoléance: je me fâcherais, je dirais ou ferais quelque sottise. Je vais ailleurs, je pousse plus loin. En avant, en Avant!

«Vous aurez bientôt de mes nouvelles et d'autres qui vous intéressent davantage.

«A vous de coeur,

«CÉLIO FLORIANI.»

Je retournai cette épître pour voir si elle était bien à mon adresse: Adorno Salentini, place... n°... Rien n'y manquait.

Je retombai anéanti, dévoré d'une affreuse inquiétude, en

proie à de noirs soupçons, consterné d'avoir perdu la trace de Cécilia et de celui qui pouvait me la disputer ou m'aider à la rejoindre. Je me crus joué. Des jours, des semaines se passèrent, je n'entendis parler ni de Célio ni des Boccaferri. Personne n'avait fait attention à leur brusque départ, puisqu'il s'était effectué presque avec la clôture de la saison musicale. Je lisais avidement tous les journaux de musique et de théâtre qui me tombaient sous la main. Nulle part il n'était question d'un engagement pour Cécilia ou pour Célio. Je ne connaissais personne qui fût lié avec eux, excepté le vieux professeur de mademoiselle Boccaferri, qui ne savait rien ou ne voulait rien savoir. Je me disposai à quitter Vienne, où je commençais à prendre le spleen, et j'allai faire mes adieux à la duchesse, espérant qu'elle pourrait peut-être me dire quelque chose de Célio.

Toute cette aventure m'avait fait beaucoup de mal. Au moment de m'épanouir à l'amour par la confiance et l'estime, je me voyais rejeté dans le doute, et je sentais les atteintes empoisonnées du scepticisme et de l'ironie. Je ne pouvais plus travailler; je cherchais l'ivresse, et ne la trouvais nulle part. Je fus plus méchant dans mon entretien avec la duchesse que Célio lui-même ne l'eût été à ma place. Ceci la passionna pour, je devrais dire contre moi: les coquettes sont ainsi faites.

L'inquiétude mal déguisée avec laquelle je l'interrogeais sur Célio lui fit croire que j'étais resté jaloux et amoureux d'elle. Elle me jura ne pas savoir ce qu'il était devenu depuis la malencontreuse soirée de son début; mais, en me supposant épris d'elle et en voyant avec quelle assurance je le niais, elle se forma une grande idée de la force de mon caractère. Elle prit à coeur de le dompter, elle se piqua au jeu; une lutte acharnée avec un homme qui ne lui montrait plus de faiblesse et qui l'abandonnait sur un simple soupçon lui parut digne de toute sa science.

Je quittai Vienne sans la revoir. J'arrivai à Turin; au bout de deux jours, elle y était aussi; elle se compromettait ouvertement, elle faisait pour moi ce qu'elle n'avait jamais fait pour personne. Cette femme qui m'avait tenu dans un plateau de la balance avec Célio dans l'autre, pesant froidement les chances de notre gloire en herbe pour choisir celui des deux qui flatterait le plus sa vanité, cette sage coquette qui nous ménageait tous les deux pour éconduire celui de nous qui serait brisé par le public, cette grande dame, jusque-là fort prudente et fort habile dans la conduite de ses intrigues galantes, se jetait à corps perdu dans un scandale, sans que j'eusse grandi d'une ligne dans l'opinion publique, et tout simplement par la seule raison que je lui résistais.

Pourtant Célio avait été aussi cruel avec elle, et elle ne s'en était pas émue d'une manière apparente. Il ne suffisait donc pas de lui résister pour qu'elle s'éprît de la sorte. Elle avait senti que Célio ne l'aimait pas, et qu'il n'était peut-être pas capable d'aimer sérieusement; mais, outre que mon caractère et mon savoir-vivre lui offraient plus de garanties, elle m'avait vu sincèrement ému auprès d'elle, elle devinait que j'étais capable de concevoir une grande passion, et elle pensait me l'inspirer encore en dépit de mon courage et de ma fierté. Elle se trompait de date, il est vrai, et il se trouva qu'elle fit pour moi, lorsque j'étais refroidi à son égard, ce qu'elle n'eût point songé à faire lorsque j'étais enflammé. Les femmes ne sont jamais si habiles qu'elles ne tombent dans le piège de leur propre vanité.

Je la vis donc se jeter dans mes bras à un moment de ma vie où je ne l'aimais point, et où je souffrais à cause d'une autre femme. Il ne me fallut ni courage, ni vertu, ni orgueil pour la repousser d'abord, et pour tenter de la faire renoncer à sa propre perte. J'y mis une énergie qui l'excita d'autant plus à se perdre; j'aurais été un scélérat, un roué, un ennemi acharné à son désastre, que je n'aurais pas agi autrement pour la pousser à bout et lui faire fouler aux pieds tout souci de sa réputation. Elle crut que je mettais son amour à l'épreuve, et le mien au prix de cette épreuve décisive, éclatante. Cette femme, funeste aux autres, le devint volontairement à elle-même tout d'un coup, au milieu d'une vie d'égoïsme et de calcul. Elle tendit tous les ressorts de sa volonté pour vaincre une aversion qu'elle prenait seulement pour de la méfiance. La crise de son orgueil blessé l'emporta sur les habitudes de sa vanité froide et dédaigneuse. Peut-être aussi s'ennuyait-elle, peut-être voulait-elle connaître les orages d'une passion véritable ou d'une lutte violente.

Ma résistance l'irrita à ce point qu'elle jura de me forcer par un éclat à tomber à ses pieds. Elle chercha à se faire insulter publiquement pour me contraindre à prendre sa défense. Elle vint en plein jour chez moi dans sa voiture; elle confia son prétendu secret à trois ou quatre amies, femmes du monde, qu'elle choisit les plus indiscrètes possible. Elle laissa tomber son masque en plein bal, au moment où elle s'emparait de mon bras; enfin elle me poursuivit jusque dans une loge de théâtre où elle se fût montrée à tous les regards, si je n'en fusse sorti précipitamment avec elle.

Cette torture dura huit jours pendant lesquels elle sut multiplier des incidents incroyables. Cette femme indolente et superbe de mollesse était en proie à une activité dévorante. Elle ne dormait pas, elle ne mangeait plus, elle était changée d'une manière effrayante. Elle savait aussi s'opposer à ma fuite en me faisant croire à chaque instant qu'elle venait me dire adieu et qu'elle renonçait à moi. J'aurais voulu calmer la douleur que je lui causais, l'amener à de bonnes résolutions, la quitter noblement et avec des paroles d'amitié. Je ne faisais qu'irriter son désespoir, et il reparaissait plus terrible, plus impérieux, plus enlaçant au moment où je me flattais de l'avoir fait céder à l'empire de la raison.

Ce que je souffris durant ces huit jours est impossible à confesser. L'amour d'une femme est peut-être irrésistible, quelle que soit cette femme, et celle-là était belle, jeune, intelligente, audacieuse, pleine de séductions. Le chagrin qui la consumait rapidement donnait à sa beauté un caractère terrible, bien fait pour agir sur une imagination d'artiste. Je l'avais toujours crue lascive, elle passait pour l'être, elle l'avait peut-être toujours été; mais, avec moi, elle paraissait dévorée d'un besoin de coeur qui faisait taire les sens et l'ornait du prestige nouveau de la chasteté. Je me sentais glisser sur une pente rapide dans un précipice sans fond, car il ne me fallait qu'aimer un instant cette femme pour être à jamais perdu. Cela, je n'en pouvais douter; je savais bien quelle réaction de tyrannie j'aurais à subir une fois que j'aurais abandonné mon âme à cet attrait perfide. Je me connaissais, ou plutôt je me pressentais. Fort dans le combat, j'étais trop naïf dans la défaite pour n'être pas enlacé à tout jamais par ma conscience. Et je pouvais encore combattre, parce que je me retenais d'aimer, car je voyais en elle tout le contraire de mon idéal: le dévouement, il est vrai, mais le dévouement dans la fièvre, l'énergie dans la faiblesse, l'enthousiasme dans l'oubli de soi-même, et point de force véritable, point de dignité, point de durée possible dans ce subit engouement. Elle me faisait horreur et pitié en même temps qu'elle allumait en moi des agitations sauvages et une sombre curiosité. Je voyais mon avenir perdu, mon caractère déconsidéré, toutes les femmes effrontées et galantes ayant déjà l'oeil sur moi pour me disputer à une puissante rivale et jouer avec moi à coups de griffes comme des panthères avec un gladiateur. Je devenais un homme à bonnes fortunes, moi qui détestais ce plat métier, un charlatan pour les esprits sévères qui m'accuseraient de chercher la renommée dans le scandale des aventures, au lieu de la conquérir par le progrès dans mon art. Je me sentais défaillir, et, lorsque le feu de la passion montait à ma poitrine, la sueur froide de l'épouvante coulait de mon front. Que cette femme fût perdue par moi ou seulement acceptée par moi dans sa chute volontaire, j'étais lié à elle par l'honneur; je ne pouvais plus l'abandonner. J'aurais beau m'étourdir et m'exalter en me battant pour elle, il me faudrait toujours traîner à mon pied ce boulet dégradant d'un amour imposé par la faiblesse d'un instant à la dignité de toute la vie.

Déjà elle me menaçait de s'empoisonner, et, dans la situation extrême où elle s'était jetée, une heure de rage et de délire pouvait la porter au suicide. Le ciel m'inspira un mezzo termine. Je résolus de la tromper en laissant une porte ouverte à l'observation de ma promesse. J'exigeai qu'elle allât rejoindre ses amis et sa famille à Milan; j'en fis une condition de mon amour, lui disant que je rougirais de profiter, pour la posséder, de la crise où elle se jetait, que ma conscience ne serait plus troublée dès que je la verrais reprendre sa place dans le monde et son rang dans l'opinion, que je restais à Turin pour ne pas la compromettre en la suivant, mais que dans huit jours je serais auprès d'elle pour l'aimer dans les douceurs du mystère.

J'eus un peu de peine à la persuader, mais j'étais assez ému, assez peu sûr de ma force pour qu'elle crût encore à la sienne.

Elle partit, et je restai brisé de tant d'émotions, fatigué de ma victoire, incertain si j'allais me sauver au bout du monde, ou la rejoindre pour ne plus la quitter.

Je fus plus faible après son départ que je ne l'avais été en sa présence. Elle m'écrivait des lettres délirantes. Il y avait en moi une sorte d'antipathie instinctive que son langage et ses manières réveillaient par instants, et qui s'effaçait quand son souvenir me revenait accompagné de tant de preuves d'abnégation et d'emportement. Et puis la solitude me devenait insupportable. D'autres folies me sollicitaient. La Boccaferri m'abandonnait, Célio m'avait trompé. Le monde était vide, sans un être à aimer exclusivement. Les huit jours expirés, je fis venir un voiturin pour me rendre à Milan.

On chargeait mes effets, les chevaux attendaient à ma porte; j'entrai dans mon atelier pour y jeter un dernier coup d'oeil.

J'étais venu à Turin avec l'intention d'y passer un certain temps. J'aimais cette ville, qui me rappelait toute mon enfance, et où j'avais conservé de bonnes relations. J'avais loué un des plus agréables logements d'artiste; mon atelier était excellent, et, le jour où je m'y étais installé, j'avais travaillé avec délices, me flattant d'y oublier tous mes soucis et d'y faire des progrès rapides. L'arrivée de la duchesse avait brisé ces doux projets, et, en quittant cet asile, je tremblai que tout ne fût brisé dans ma vie. Il me prit un remords, une terreur, un regret, sous lesquels je me débattis en vain. Je me jetai sur un sofa; on m'appelait dans la rue; le conducteur du voiturin s'impatientait; ses petits chevaux, qui étaient jeunes et fringants, grattaient le pavé. Je ne bougeais pas. Je n'avais pas la force de me dire que je ne partirais point; je me disais avec une certaine satisfaction puérile que je n'étais pas encore parti.

Enfin le voiturin vint frapper en personne à ma porte. Je vois encore sa casquette de loutre et sa casaque de molleton. Il avait une bonne figure à la fois mécontente et amicale. C'était un ancien militaire, irrité de mon inexactitude, mais soumis à l'idée de subordination. «Eh! mon cher monsieur, les jours sont si courts dans cette saison! la route est si mauvaise! Si la nuit nous prend dans les montagnes, que ferons-nous? Il y a une grande heure que je suis à vos ordres, et mes petits chevaux ne demandent qu'à courir pour votre service.» Ce fut là toute sa plainte.--«C'est juste, ami, lui dis-je, monte sur ton siége, me voilà!»

Il sortit; je me disposai à en faire autant. Un papier qui voltigeait sur le plancher arrêta mes regards. Je le ramassai: c'était un feuillet détaché de mon album. Je reconnus la composition que j'avais esquissée dans la nuit où Célio m'avait ramené à ma demeure, à Vienne, après son fiasco. Je revis le bon et le mauvais ange, distraits tous deux de moi par un malin personnage qui avait la tournure et le costume de théâtre de Célio. Je me reportai à cette nuit d'insomnie où la duchesse m'était apparue si vaine et si perfide, la Boccaferri si pure et si grande.

LE CHÂTEAU DES DÉSERTES.

Je ne sais quelle réaction se fit en moi. Je courus vers la porte; j'ordonnai au vetturino de dételer et de s'en aller. Je rentrai; je respirai; je mis mon album sur une table comme pour reprendre possession de mon atelier, de mon travail et de ma liberté; puis l'effroi de la solitude me saisit. Ces grandes murailles nues d'un atelier me serrèrent le coeur. Je retombai sur le sofa, et je me mis a pleurer, à sangloter, presque, comme un enfant qui subit une pénitence et se désole à l'aspect de la chambre qui va lui servir de prison.

Tout à coup une voix de femme qui chantait dans la rue me fit entendre les premières phrases de cet air du Don Juan de Mozart:

Vedrai, Carino Se sei buonfuo, Che bel rimedio Ti voglio dar.

Était-ce un rêve? J'entendais la voix de Cécilia Boccaterri. Je l'avais entendue deux fois dans le rôle de Zerline, où elle avait une naïveté charmante, mais où elle manquait de la nuance de coquetterie nécessaire. En cet instant, il me sembla qu'elle s'adressait à moi avec une tendresse caressante qu'elle n'avait jamais eue en public, et qu'elle m'appelait avec un accent irrésistible. Je bondis vers la porte; je m'élançai dehors: je ne trouvai que le vetturino qui dételait. Je me livrai à mille recherches minutieuses. La rue et tous les alentours étaient déserts. Il faisait à peine jour, et une bise piquante soufflait des montagnes. «Reviens demain, dis-je à mon conducteur en lui donnant un pourboire; je ne puis partir aujourd'hui.»

Je passai vingt-quatre heures à chercher et à m'informer. Je demandais la Boccaferri, son père et Célio, au ciel et à la terre. Personne ne savait ce que je voulais dire. L'un me disait que le vieil ivrogne de Boccaferri était mort depuis dix ans; l'autre, que ce Boccaferri n'avait jamais eu de fille; tous, que le fils de la Floriani devait être en Angleterre, parce qu'il avait traversé Turin deux mois auparavant en disant qu'il était engagé à Londres.

Je me dis que j'avais eu une hallucination, que ce n'était pas la voix de Cécilia qui m'avait chanté ces quatre vers beaucoup trop tendres pour elle; mais pendant ces vingt-quatre heures, mon émotion avait changé d'objet; la duchesse avait perdu son empire sur mon imagination. Au point du jour, le brave vetturino était à ma porte comme la veille. Cette fois, je ne le fis pas attendre. Je chargeai moi-même mes effets; je m'installai dans son frêle legno (c'est comme on dirait à Paris un sapin), et je lui ordonnai de marcher vers l'ouest.

--Eh quoi! Seigneurie, ce n'est pas la route de Milan!

--Je le sais bien; je ne vais plus à Milan.

--Alors, mon maître, dites-moi où nous allons.

--Où tu voudras, mon ami; allons le plus loin possible, du côté opposé à Milan.

--Je vous mènerais à Paris avec ces chevaux-là; mais encore voudrais-je savoir si c'est à Paris ou à Rome qu'il faut aller.

--Va vers la France, tout droit vers la France, lui dis-je, obéissant à un instinct spontané. Je t'arrêterai quand je serai fatigué, ou quand la belle nature m'invitera à la contempler.

--La belle nature est bien laide dais ce temps-ci, dit en souriant le brave homme. Voyez, que de neige du haut en bas des montagnes! Nous ne passerons pas aisément le Mont-Cenis!

--Nous verrons bien; d'ailleurs nous ne le passerons peut-être pas. Allons, partons. J'ai besoin de voyager. Pourvu que ta voiture roule et m'éloigne de Mifan, comme de Turin, c'est tout ce qu'il me faut pour aujourd'hui.

--Allons, allons! dit-il en fouettant ses chevaux, qui firent une longue glissade sur le pavé cristallisé par la gelée, tête d'artiste, tête de fou! mais les gens raisonnables sont souvent bêtes et toujours avares. Vivent les artistes!

VII.
LE NOEUD CERISE.

Je ne crois, d'une manière absolue, ni à la destiné, ni à mes instincts, et je suis pourtant forcé de croire à quelque chose qui semble une combinaison de l'un ou de l'autre, à une force mystérieuse qui est comme l'attraction de la fatalité.

Il se fait dans notre existence, comme de grande courants magnétiques que nous traversons quelquefois, sans être emportés par eux, mais où quelquefois aussi nous nous précipitons de nous-mêmes, parce que notre moi se trouve admirablement prédisposé à subir l'influence de ce qui est notre élément naturel, longtemps ignoré ou méconnu. Quand nous sommes entraînés sur cette pente irrésistible, il semble que tout nous aide à en subir l'impulsion souveraine, que tout s'enchaîne autour de nous de façon à nous faire nier le hasard, enfin que les circonstances les plus naturelles, les plus insignifiantes dans d'autres moments n'existent, à ce moment donné, que pour nous pousser vers le but de notre destinée, que ce but soit un abîme ou un sanctuaire.

Voici le fait qui me parut longtemps merveilleux et qui ne fut autre chose que la rencontre d'un fait parallèle à celui de mon ennui et de mon inquiétude. Mon vetturino était marié non loin de la frontière, du côté de Briançon, à une jeune et jolie femme dont il était séparé assez souvent par l'activité de sa profession. Je lui dis que je voulais aller du côté de la France, et je le voulais parce qu'il s'agissait pour moi de prendre la route diamétralement opposée à celle de Milan, et aussi un peu parce que j'avais quelques renseignements vagues sur le pas&age récent de Célio dans la contrée que je parcourais. Mon vetturino vit que je ne savais pas bien où je voulais aller, et comme il avait envie d'aller à Briançon, il prit naturellement la route de Suse et d'Exille, traversa la frontière avec la Doire, et me fit entrer dans le département des Hautes-Alpes par le Mont-Genèvre.

Comme nous approchions de Briançon, il me demanda si je ne comptais pas m'y arrêter quelques jours, du ton d'un homme décidé à m'y contraindre. Et, comme j'hésitais à lui répondre avant d'avoir bien pénétré son dessein, il m'annonça que son plus jeune cheval était malade, qu'il ne mangeait pas, et qu'il craignait bien d'être forcé de voir un vétérinaire pour le faire saigner. Je descendis de voiture et j'examinai le cheval: il avait l'oeil pur, le flanc calme; il n'était pas plus malade que l'autre.

--Mon ami, dis-je à maître Volabù (c'était le nom de mon voiturin), je te prie d'être sincère avec moi. Tu cherches un prétexte pour t'arrêter, et moi je n'ai pas de raisons pour t'attendre. Je ne tiens pas plus longtemps à ton voiturin que tu ne tiens à ma personne. Que j'arrive à Briançon, c'est tout ce que je demande. Là, je penserai à ce que je veux faire, et j'aurai sous la main tous les moyens de transport désirables. Si tu l'obstinés à me laisser ici (nous n'étions plus qu'à cinq lieues de Briançon), je m'obstinerai peut-être de mon côté à le faire marcher, car je t'ai pris pour huit jour. Sois donc franc, si tu veux que je sois bon. Tu as ici, aux environs, une affaire de coeur ou d'argent, et c'est pour cela que ton cheval ne mange pas? Le brave homme se mit à rire, puis il secoua la tête d'un air mélancolique:--Je ne suis plus de la première jeunesse, dit-il, ma femme a dix-huit ans, et j'aurais été bien aise de la surprendre; elle ne demeure qu'à une toute petite lieue d'ici, aux Désertes. Par la traverse, nous y serons dans une demi-heure; le chemin est bon, et puisque vous aime à vous arrêter n'importe où, pour marcher au hasard dans la neige, vous verrez là un bel endroit et de la belle neige, le diable m'emporte! Nous repartirions demain malin, et nous serions à Briançon avant midi. Allons, j'ai été franc, voulez-vous être bon enfant?

--Oui, puisque je t'ai fait moi-même cette condition. Va pour les Désertes! le non me lait, et la traverse aussi. J'aime assez les paysages qu'on ne voit pas des grandes routes; mais s'il te prend fantaisie, mon compère, de rester plus longtemps avec ta femme? Si ton cheval recommence demain à ne plus manger?

--Voulez-vous vous fier à la parole d'un ancien militaire, mon bourgeois? Nous repartirons ce soir, si vous voulez.

--Je veux me fier, répondis-je. En route!

Où cet homme me conduisit, tu le sauras bientôt, cher lecteur, et tu me diras si, dans l'accès de flânerie bienveillante qui me poussa à subir son caprice, il n'y eut pas quelque chose qu'un homme plus impertinent que moi eût pu qualifier d'inspiration divine. D'abord il ne m'avait pas trompé, le brave Volabù. Le paysage où il me fit pénétrer avait un caractère à la fois naïf et grandiose, qui s'empara de moi d'autant plus que je n'avais pas compté sur le discernement pittoresque de mon guide. Sans doute c'était son amour pour sa jeune femme qui lui faisait aimer ou mieux comprendre instinctivement la beauté du lieu qu'elle habitait. Il voulut reconnaître ma complaisance en exerçant envers moi les devoirs de l'hospitalité.

Il possédait là quelques morceaux de terre et une maisonnette très-propre où il me conduisit. Et quand il eut trouvé sa jeune ménagère au travail, bien gaie, bien sage, bien pure (cela se voyait à la joie franche qu'elle montra en lui sautant au cou), il n'y eut sorte de fête qu'il ne me fit: ils se mirent en quatre, sa femme et lui, pour me préparer un meilleur repas que celui que j'aurais pu faire à l'auberge du hameau, et, comme je leur disais que tant de soin n'était pas nécessaire pour me contenter, ils jurèrent naïvement que cela ne me regardait pas, c'est-à-dire qu'ils voulaient me traiter et m'héberger gratis.

Je les laissai à leur fricassée entremêlée de doux propos et de gros baisers, pour aller admirer le site environnant. Il était simple et superbe. Des collines escarpées servant de premier échelon aux grandes montagnes des Alpes, toutes couvertes de sapins et de mélèzes, encadraient la vallée et la préservaient des vents du nord et de l'est. Au-dessus du hameau, à mi-côte de la colline la plus rapprochée et la plus adoucie, s'élevait un vieux et fier château, une des anciennes défenses de la frontière probablement, demeure paisible et confortable désormais, car je voyais au ton frais des châssis de croisées en bois de chêne, encadrant de longues vitres bien claires, que l'antique manoir était habite par des propriétaires fort civilisés. Un parc immense, jeté noblement sur la pente de la colline et masquant ses froides lignes de clôture sous un luxe de végétation chaque jour plus rare en France, formait un des accidents les plus heureux du tableau. Malgré la rigueur de la saison (nous étions à la fin de janvier, et la terre était couverte de frimas), la soirée était douce et riante. Le ciel avait ces tons rose vif qui sont propres aux beaux temps de gelée; les horizons neigeux brillaient comme de l'argent, et des nuages doux, couleur de perle, attendaient le soleil qui descendait lentement pour s'y plonger. Avant de s'envelopper dans ces suaves vapeurs, il semblait vouloir sourire encore à la vallée, et il dardait sur les toits élevés du vieux château un rayon de pourpre qui faisait de l'ardoise terne et moussue un dôme de cuivre rouge resplendissant.

Comme j'étais vêtu et chaussé en conséquence de la saison, je prenais un plaisir extrême à marcher sur cette neige brillante, cristallisée par le froid, et qui craquait sous mes pieds. En creusant des ombres sur ces grandes surfaces à peine égratignées par la trace de quelques petites pattes d'oiseaux, j'étudiais avec attention le reflet verdâtre que donne ce blanc éblouissant auprès duquel l'hermine et le duvet du cygne paraissent jaunes ou malpropres. Je ne pensais plus qu'à la peinture et à remercier le ciel de m'avoir détourné de Milan.

Tout en marchant, j'approchais du parc, et je pouvais embrasser de l'oeil la vaste pelouse blanche, coupée de massifs noirs, qui s'étendait devant le château. On avait rajeuni les abords de cette austère demeure en nivelant les anciens fossés, en exhaussant les terres et en amenant le jardin, la verdure et les allées sablées jusqu'au niveau du rez-de-chaussée, jusqu'à la porte des appartements, comme c'est l'usage aujourd'hui que nous sentons à la fois le confortable et la poésie de la vie de château. L'enclos était bien fermé de grands murs; mais, en face du manoir, on en avait échancré une longueur de trente mètres au moins pour prendre vue sur la campagne. Cette ouverture formait terrasse, à une hauteur peu considérable, et avait pour défense un large fossé extérieur. Un petit escalier, pratiqué dans l'épaisseur du massif de pierres de la terrasse, descendait jusqu'au niveau de l'eau pour permettre, apparemment, aux jardiniers d'y venir puiser durant l'été. Comme l'eau était couverte d'une croûte de glace très-forte, je fis la remarque qu'il était très-facile en ce moment d'entrer dans la résidence seigneuriale des Désertes; mais il me parut qu'on s'en rapportait à la discrétion des habitants de la contrée, car aucune précaution n'était prise pour garantir ce côté faible de la place.

Comme le lieu me parut désert, j'eus quelque tentation d'y pénétrer pour admirer de plus près le tronc des ifs superbes et des pins centenaires dont les groupes formaient, dans cet intérieur, mille paysages aussi vrais, quoique beaucoup mieux composés que ceux de la campagne environnante; mais je m'abstins prudemment et respectueusement de cette témérité de peintre, en entendant venir vers la terrasse deux femmes qui, vues de près, devinrent deux jeunes demoiselles ravissantes. Je les regardai courir et folâtrer sur la neige, sans qu'elles fissent attention à moi. Quoique enveloppées de manteaux et de fourrures, elles étaient aussi légères que le grand lévrier blanc qui bondissait autour d'elles. L'une me parut en âge d'être mariée; mais, à son insouciance, on voyait qu'elle ne l'était pas, et même qu'elle n'y songeait point. Elle était grande, mince, blonde, jolie, et, par sa coiffure et ses attitudes, elle me rappelait les nymphes de marbre qui ornaient les jardins du temps de Louis XIV. L'autre paraissait encore une enfant; sa beauté était merveilleuse, quoique sa taille me parût moins élégante. Je ne sais pas non plus pourquoi je fus ému en la regardant, comme si elle me rappelait une image connue et chère. Cependant il me fut impossible, ce jour-là et plus tard, de trouver de moi-même à qui elle ressemblait.

Ces deux belles demoiselles prenaient ensemble de tels ébats, qu'elles passèrent sans me voir. Elles parlaient italien, mais si vite (et souvent toutes deux ensemble), chaque phrase était d'ailleurs entrecoupée de rires si bruyants et si prolongés, que je ne pus rien saisir qui eût un sens. Un peu plus loin, elles s'arrêtèrent et se mirent à briser sans pitié de superbes branches d'arbre vert dont elles firent, les vandales! un grand tas, qu'elles abandonnèrent ensuite sur la neige, en disant:

«Ma foi, qu'il vienne les chercher, c'est trop froid à manier.»

J'allais les perdre de vue à regret, je l'avoue, car il y avait quelque chose de sympathique et d'excitant pour moi dans la pétulance et la gaieté de ces jolies filles, lorsqu'une d'elles s'écria: «Bon! j'ai perdu son noeud, son fameux noeud d'épée, que j'avais attaché sur mon capuchon, avec une épingle!

--Eh bien! dit l'aînée, nous en ferons un autre; la belle affaire!

--Oh! il l'avait fait lui-même! Il prétend que nous ne savons pas faire les noeuds, comme si c'était bien malin! Il va grogner.

--Eh bien, qu'il grogne, le grognon! répliqua l'autre, et toutes deux recommencèrent à rire, comme rient les jeunes filles, sans savoir pourquoi, sinon qu'elles ont besoin de rire.

--Tiens! je le vois, mon noeud! son noeud! s'écria la cadette en bondissant vers le fossé; le voilà qui s'épanouit sur la neige. Oh! le beau coquelicot!

Elle arriva jusqu'au bord de la terrasse; mais, au moment de ramasser ce noeud de rubans rouges que j'avais fort bien remarqué, elle partit d'un nouvel éclat de rire: une petite brise soudaine qui venait de s'élever emportait le ruban, et le déposait, à mes pieds, sur la glace du fossé.

Je le ramassai pour le rendre à la belle rieuse, et ce fut alors seulement qu'elle m'aperçut et devint aussi rouge que son noeud de rubans cerise.

--Pour vous le rapporter, Mademoiselle, lui dis-je, je serai forcé de traverser ce fossé; me le permettez-vous?

--Non, non, ne faites pas cela! répondit l'enfant, en qui un fonds d'assurance mutine parut dominer trés-vite le premier accès de timidité, c'est peut-être dangereux. Si la glace ne porte pas?

--N'est-ce que cela? repris-je. C'est bien peu de chose que de courir un petit danger pour votre service.

Et je traversai résolument la glace, qui criait un peu. En voyant qu'en effet il y avait bien quelque danger pour moi, car le fossé était large et profond, l'enfant rougit encore et descendit quelques marches du petit escalier pour venir à ma rencontre. Elle ne riait plus.

--Eh bien, qu'est-ce que cela? Que faites-vous donc, petite soeur? dit l'aînée, qui venait la rejoindre, et qui me regarda d'un air de surprise et de mécontentement. Celle-ci était déjà une jeune personne. Elle connaissait sans doute déjà la prudence. Elle avait au moins une vingtaine d'années.

--Vous voyez, Mademoiselle, lui dis-je en tendant à sa soeur le noeud de rubans au bout de ma canne, je m'arrête à la limite de votre empire, je ne me permets pas de mettre le pied seulement sur la première marche de l'escalier.

Elle vit tout de suite que j'étais un homme bien élevé, et me remercia d'un doux et charmant sourire. Quant à l'enfant, elle saisit le noeud avec vivacité, et me fit signe de ne pas m'arrêter sur la glace. Je m'en retournai lentement et les saluai toutes deux de l'autre rive. Elles me crièrent merci avec beaucoup de grâce; puis j'entendis l'aînée dire à la petite: S'il voyait cela, il nous gronderait!--Sauvons-nous! répondit l'enfant en recommençant son rire frais et clair comme une clochette d'argent. Elles se prirent par la main, et partirent en courant et en riant vers le château. Quand elles eurent disparu, je regagnai la modeste demeure de monsieur et madame Volabù, un peu préoccupé de ma petite aventure.

Je trouvai mon souper prêt. J'aurais été Grandgousier en personne, qu'on ne m'eut pas traité plus largement. Je crois que toute la petite basse-cour de madame Volabù y avait passé. Je n'aurais pas eu bonne grâce à me plaindre de cette prodigalité, en voyant l'air de triomphe naïf avec lequel ces braves gens me faisaient les honneurs de chez eux. J'exigeai qu'ils se missent à table avec moi, ainsi que la vieille mère de madame Volabù, qui était encore un robuste virago, nommée madame Peirecote, et qui paraissait prendre à coeur d'être bonne gardienne de l'honneur de son gendre.

Il me fallut soutenir un rude assaut pour me préserver d'une indigestion, car mon brave vetturino semblait décidé à me faire étouffer. Dès que je pus obtenir quelques instants de répit, j'en profitai pour faire des questions sur le château et ses habitants.

--C'est bien vieux, ce château, me dit Volabù d'un air capable; c'est laid, n'est-ce pas? Ça ressemble à une grande masure? Mais c'est plus joli en dedans qu'on ne croirait; c'est très-bien tenu, bien conservé, bien arrangé, quoique en vieux meubles qui ne sont plus de mode. Il y a des calorifères, ma foi! C'est que le vieux marquis ne se refusait rien. Il n'était pas très-généreux pour les autres, mais il aimait bien ses aises, et il passait presque toute l'année ici. L'hiver, il n'allait qu'un peu à Paris, en Italie jamais, et pourtant c'était son pays.

--Et qui possède ce château à présent?
--Son frère, la comte de Balma, qui vient de passer marquis

par le décès de l'aîné de la famille. Dame, il n'est pas jeune non plus! C'est le sort de notre village, on dirait, d'avoir sous les yeux vieille maison et vieilles gens.

--Bah! la jeunesse ne manque pas encore dans le château, dit madame Volabù; M. le nouveau marquis n'a-t-il pas cinq enfants, dont le plus âgé ne l'est guère plus que monsieur? En parlant ainsi, madame Volabù me désignait à son mari, dont les yeux s'arrondirent tout à coup, en même temps que sa bouche s'allongeait en une moue assez risible.

--Oh! s'écria-t-il, M. de Balma a des garçons à présent! Quand je suis parti, il n'avait qu'une fille, et il n'y a qu'un mois de cela.

--C'est qu'il ne nous disait pas tout apparemment, dit à son tour la vieille madame Peirecote. Depuis un mois, il lui est arrivé une famille nombreuse, deux autres filles et deux garçons, tous beaux comme des amours; mais qu'est-ce que ça vous fait, Volabù?

--Ça ne me fait rien, la mère; mais c'est égal, notre vieux marquis est diablement sournois, car je lui ai entendu dire à M. le curé qu'il n'avait qu'une fille, celle qui est arrivée avec lui le lendemain de la mort du dernier marquis.

--Eh bien, reprit la vieille, c'est qu'il n'y a que celle-là de légitime peut-être, et que les quatre autres enfants sont des bâtards. Ça ne prouve pas un mauvais homme d'avoir recueilli tout ça le jour où il s'est vu riche et seigneur. Sans doute il veut les établir pour effacer devant Dieu tous ses vieux péchés.

--Après ça, ils ne sont peut-être pas à lui, tous ces enfants? observa madame Volabù.

--Il les appelle tous mes enfants, répondit la mère Peirecote, et ils l'appellent tous mon papa. Quand à savoir au juste ce qui en est, ce n'est pas facile. C'est une maison où il y a toujours eu de gros secrets, par rapport surtout à M. le marquis actuel. Du temps de l'autre, est-ce qu'on savait quelque chose de clair sur celui d'à présent. Que ne disait-on pas? M. le marquis a eu un frère qui est mort aux Indes, disaient les uns. D'autres disaient au contraire: Le frère puiné de M. le marquis n'est pas si mort ni si éloigné qu'on croit; mais il a changé de nom, parce qu'il a fait des folies, des dettes qu'il ne peut payer, et il y a bien cinquante ans que monsieur ne veut pas le voir. Les uns disaient encore: Il ne peut pas lui pardonner sa mauvaise conduite, mais il lui envoie de l'argent de temps en temps en cachette. Et les autres répondaient: Il ne lui envoie rien du tout. Il a le coeur trop dur pour cela. Le pire des deux n'est pas celui qu'on pense.

--Et ne peut-on éclaircir cette histoire? demandai-je. Personne, dans le pays, n'est-il mieux renseigné que vous? Il est étrange qu'un membre d'une grande famille sorte ainsi de dessous terre.

--Monsieur, dit la vieille, on ne peut rien savoir de ces gens-là. Moi, voilà ce que je sais, ce que j'ai vu dans ma jeunesse. Il y avait deux frères du nom de Balma, famille piémontaise bien anciennement établie dans le pays. L'aîné était fort sage, mais pas de très-bon coeur, cela est certain. Le cadet était une diable de tête, mais il n'était pas fier. Il n'avait rien à lui, et je n'ai point vu d'enfant si aimable et si joli. Les Balma ont vécu longtemps hors du pays. Un beau jour, l'aîné vint prendre possession de son domaine et habiter son château, sans vouloir permettre qu'on lui fit une pauvre question, et mettant à la porte quiconque se montrait curieux du sort de son frère. Cet aîné a vécu jusqu'à l'âge de quatre-vingts ans sans se marier, sans adopter personne, sans souffrir un seul parent près de lui. Il est mort sans faire de testament, comme un homme qui dit: Après moi, la fin du monde! Mais voilà que l'on a vu arriver tout à coup le jeune homme qui a produit de bons litres, et qui a hérité naturellement du titre, du château et des grands biens de la famille. Il y a au moins deux, trois ou quatre millions de fortune. C'est quelque chose pour un homme qui était; dit-on, dans la dernière misère. Pauvre enfant! j'ai été le saluer; il s'est souvenu de moi, et il a été encore galant en paroles, comme si je n'avais que quinze ans.

--Mais ce jeune homme, cet enfant dont vous parlez, la mère, c'est donc le nouveau marquis? dit M. Volabù. Diantre! il n'a pas l'air d'un freluquet pourtant.

--Dame! il peut bien avoir, à cette heure, soixante-douze ans, répondit naïvement madame Peirecote. Aussi il est bien changé! Et l'on dit qu'il est devenu raisonnable, et que sa fille aînée est rangée, économe; que c'est surprenant de la part de gens qu'on croyait disposés à tout avaler dans un jour.

--Peste! c'est l'âge de s'amender, reprit Volabù. Soixante-douze ans! excusez! Le jeune homme a dû mettre de l'eau dans son vin.

Les époux Volabù, voyant que j'avais fini de manger, commencèrent à desservir, et je m'approchai du feu, où je retins la mère Peirecote pour la faire encore parler. Je n'aurais pourtant pas au dire pourquoi l'histoire des Balma excitait à ce point ma curiosité.

VIII.
LE SABBAT.

--Et les deux jeunes demoiselles, dis-je à ma vieille hôtesse, vous les connaissez?

--Non, Monsieur. Je n'ai fait encore que les apercevoir. Il n'y a qu'une quinzaine qu'elles sont ici, et le dernier jeune homme, qui paraît avoir quinze ans tout au plus, est arrivé avant-hier au soir. Ce qui fait dire dans le village que ce n'est peut-être pas le dernier, et qu'on ne sait pas où s'arrêtera la famille de M. le marquis. Chacun dit son mot là-dessus: il faut bien rire un peu, pour se consoler de ne rien savoir.

--Le nouveau marquis a donc les mêmes habitudes de mystère que l'ancien?

--C'est à peu près la même chose, c'est même encore pire, puisque, ce qu'il a été et ce qu'il a fait durant tant d'années qu'on ne l'a pas vu, il a sans doute intérêt à le cacher plus encore que feu M. son frère; mais pourtant ce n'est pas le même homme. On commence à me croire, quand je dis que celui-ci vaut mieux, et on lui rendra justice plus tard. L'autre était sec de coeur comme de corps; celui-ci est un peu brusque de manières, et n'aime pas non plus les longs discours. Il ne se fie pas au premier venu: on dirait qu'il connaît tous les tours et toutes les ruses de ceux qui quémandent; mais il s'informe, il consulte; sa fille aînée le fait avec lui, et les secours arrivent sans bruit à ceux qui ont vraiment besoin. M. le curé a bien remarqué cela, lui qui s'affligeait tant lorsqu'il a vu venir ce prétendu mauvais sujet: il commence à dire que les pauvres gens n'ont pas perdu au change.

--Voilà qui s'explique, madame Peirecote, et l'histoire gagne en moralité ce qu'elle perd en merveilleux. Cela se résume en un vieux proverbe de votre connaissance sans doute: «Les mauvaises têtes font les bons coeurs.»

--Vous avez bien raison, Monsieur, et c'est triste à dire, les trop bonnes têtes font souvent les coeurs mauvais. Qui ne pense qu'à soi n'est bon qu'à soi... Il n'en reste pas moins du merveilleux dans cette maison-là. De tout temps, il s'est passé au château des Désertes des choses que la pauvre monde comme moi ne peut pas comprendre. D'abord, on dit que tous les Balma sont sorciers de père en fils, et l'on me dirait que l'aînée des demoiselles en tient, que cela ne m'étonnerait pas, car elle ne parle pas et n'agit pas comme tout le monde: elle ne va pas du tout vêtue selon son rang, elle ne porte ni plumes à son chapeau ni cachemires, comme les dames riches du pays; elle a la figure si blanche, qu'on dirait qu'elle est morte. Les deux autres demoiselles sont un peu plus élégantes et paraissent plus gaies; mais l'aîné des jeunes gens a l'air d'un vrai fou: on l'entend parler tout seul, et on le voit faire des gestes qui font peur. Quant à M. le marquis, tout charitable qu'il est, il a l'air bien malin. Enfin, Monsieur, vous me croirez si vous voulez, mais les domestiques du château ont peur et sont fort aises qu'on les renvoie à sept heures du soir, en leur permettant d'aller faire la veillée et coucher dans le village, où ils ont tous leur famille, car ce marquis n'a amené avec lui aucun serviteur étranger qu'on puisse faire parler. Tous ceux qui sont employés au château sont pris à la journée, parce qu'on a renvoyé tous les anciens. Cela fait que, pendant douze heures de nuit, personne ne peut savoir ce qui se passe dans la maison.

--Et pourquoi suppose-t-on qu'il s'y passe quelque chose? Peut-être que ces Balma sont tout simplement de grands dormeurs qui craignent le bruit de l'office.

--Oh! que non, Monsieur! Ils ne dorment pas. Ils s'en vont dans tout le château, montant, descendant, traversant les vieilles galeries, s'arrêtant dans des chambres qui n'ont pas été habitées depuis cent ans peut-être. Ils remuent les meubles, les transportent d'un coin à l'autre, parlent, crient, chantent, rient, pleurent, se disputent..., on dit même qu'ils se battent, car car ils font là-dedans un sabbat désordonné.

--Comment sait-on tout cela, puisqu'ils renvoient tout le

monde de si bonne heure?

--Oui, et ils s'enferment, ils barricadent tout, portes et contrevents, après avoir fait la ronde pour s'assurer qu'on ne les espionne pas. Le fils du jardinier, qui s'était caché dans une armoire par curiosité, a manqué être jeté par les fenêtres, et il a eu une si grosse peur, qu'il en a été malade, car il prétend que ces messieurs et ces demoiselles, et même M. le marquis, étaient tous habillés en diables, et que cela faisait dresser les cheveux sur la tête de les voir ainsi, et de leur entendre dire des choses qui ne ressemblaient à rien.

--A la bonne heure, madame Peirecote! voici qui commença à m'intéresser! Les vieux châteaux où il ne se passe pas des choses diaboliques ne sont bons à rien.

--Vous riez, Monsieur; vous ne croyez pas à cela? Eh bien! si je vous disais que j'ai été écouter le plus près possible avec ma fille, et que j'ai vu quelque chose?

--Bien! voyons, contez-moi cela.

--Nous avons vu à travers les fentes d'un vieux contrevent qui ne ferme pas aussi bien que les autres, et qui donne ouverture à l'ancienne salle des gardes du château, des lumières passer et repasser si vite, qu'on eût dit que des diables seuls pouvaient les faire courir ainsi sans les éteindre. Et puis, nous avons entendu le bruit du tonnerre et le vent siffler dans le château, quoiqu'il fît une belle nuit de gelée bien tranquille comme ce soir. Un grand cri est venu jusqu'à nous, comme si l'on tuait quelqu'un, et nous n'avions pas une goutte de sang dans les veines. C'était la semaine dernière, Monsieur! Nous nous sommes sauvées, ma fille et moi, parce que nous ne doutions pas qu'un crime n'eût été commis, et nous ne voulions pas être appelées comme témoins: cela fait toujours du tort à de pauvres gens comme nous de témoigner contre les riches; on s'en aperçoit plus tard. Si bien que nous n'avons pu fermer l'oeil de toute la nuit; mais le lendemain tout le monde se portait bien dans le château: les demoiselles riaient et chantaient dans le jardin comme à l'ordinaire, et M. le marquis a été à la messe, car c'était un dimanche. Seulement les domestiques nous ont dit qu'ils avaient brûlé dans la nuit plus de cinquante bougies, et que tout le souper avait été mangé jusqu'au dernier os.

--Ah! il me paraît qu'ils fêtent joyeusement le diable?

--Tous les soirs, un bon souper de viandes froides, avec des gâteaux, des confitures et des vins fins, leur est servi dans la salle à manger, en même temps qu'on dessert leur dîner. On ne sait pas à quelle heure ni avec quels convives ils le mangent; mais ils ont affaire à des esprits qui ne se nourrissent pas de fumée. Le matin, on trouve les fauteuils rangés en cercle autour de la cheminée du grand salon, et dans tout le reste de la maison il n'y a pas trace du remue-ménage de la nuit. Seulement, il y a toute une partie du château, celle qu'on n'habite plus depuis longtemps, qui est fermée et cadenassée de façon à ce que personne ne puisse y mettre le bout du nez. Ils ont, au reste, fort peu de domestiques pour une si grande maison et tant de maîtres. Ils n'ont encore reçu personne, si ce n'est le maire et le curé, lesquels ont vu seulement M. le marquis dans son cabinet, sans qu'aucun de ses enfants ait paru, excepté sa fille aînée. Les demoiselles n'ont pas de filles de chambre, et semblent tout aussi habituées que les messieurs à se servir elles-mêmes. Le service intérieur est fait aussi par des femmes de journée que l'on congédie quand elles ont balayé et rangé; et vous savez, Monsieur, les hommes sont si simples! Quand il n'y a pas de femmes au courant des affaires d'une maison, on ne peut rien savoir.

--C'est vraiment désespérant, ma chère madame Peirecote, dis-je en retenant une bonne envie de rire.

--Oui, Monsieur, oui! Ah! si j'étais plus jeune, et si je ne craignais pas d'attraper un rhumatisme en faisant le guet, je saurais bientôt à quoi m'en tenir. Par exemple, ces jours derniers, la servante qui a fait les lits a trouvé au pied de celui d'une des demoiselles des pantoufles dépareillées. On a beau se cacher, on n'est jamais à l'abri d'une distraction. Eh bien, Monsieur, devinez ce qu'il y avait à la place de la pantoufle perdue durant le sabbat!

--Quoi! un gros crapaud vert avec des yeux de feu? ou bien un fer de cheval qui a brûlé les doigts de la pauvre servante?

--Non, Monsieur, un joli petit soulier de satin blanc avec un noeud de beaux rubans rose et or!

--Diantre! cela sent le sabbat bien davantage. Il est évident que ces demoiselles avaient été au bal sur un manche à balai!

--Chez le diable ou ailleurs; il y avait eu bal aussi au château, car on avait justement entendu des airs de danse, et les parquets s'en ressentaient; mais quels étaient les invités, et d'où sortait le beau monde? car on n'a vu ni voitures ni visites d'aucune espèce autour du château, et à moins que la bande joyeuse ne soit descendue et remontée par les tuyaux de cheminée, je ne vois pas pour qui ces demoiselles ont mis des souliers blancs à noeuds rose et or.

J'aurais écouté madame Peirecote toute la nuit, tant ses contes me divertissaient; mais je vis que mes hôtes désiraient se retirer, et je leur en donnai l'exemple. Volabù me conduisit à sa meilleure chambre et à son meilleur lit. Sa femme m'accabla aussi de mille petits soins, et ils ne me quittèrent qu'après s'être assurés que je ne manquais de rien. Volabù me demanda au travers de la porte à quelle heure je voulais partir pour Briançon. Je le priai d'être prêt à sept heures du matin, ne voulant pas être à charge plus longtemps à sa famille.

Je n'avais pas la moindre envie de dormir, car il n'était que sept heures du soir, et j'avais douze heures devant moi. Un bon feu de sapin pétillait dans la cheminée de ma petite chambre, et une grande provision de branches résineuses, placée à côté, me permettait de lutter contre la froide bise qui sifflait à travers les fenêtres mal jointes. Je pris mes crayons, et j'esquissai les deux jolies figures des demoiselles de Balma dans le costume et les attitudes où elles m'étaient apparues, sans oublier le beau lévrier blanc et le cadre des grands cyprès noirs couverts de flocons de neige. Tout cela trottait encore plus vite dans mon imagination que sur le papier, et je ne pouvais me défendre d'une émotion analogue à celle que nous fait éprouver la lecture d'un conte fantastique d'Hoffmann, en rapprochant de ces charmantes figures si candides, si enjouées, si heureuses en apparence, les récits bizarres et les diaboliques commentaires de ma vieille hôtesse. Ainsi que dans ces contes germaniques, où des anges terrestres luttent sans cesse contre les pièges d'un esprit infernal pétri d'ironie, de colère et de douleur, je voyais ces beaux enfants fleurir à leur insu, sous l'influence perfide de quelque vieux alchimiste couvert de crimes, qui les élevait à la brochette pour vendre leurs âmes à Satan, afin de dégager la sienne d'un pacte fatal. La petite ne se doutait de rien encore, l'autre commençait à se méfier. Au milieu de leur gaieté railleuse, il m'avait semblé voir percer de la crainte pour un maître qu'elles n'avaient pas osé nommer. Qu'il grogne, le grognon! avaient-elles dit, et puis encore, en parlant de ma traversée périlleuse sur le fossé, l'aînée avait dit: S'il voyait cela il nous gronderait. Était-ce leur père qu'elles redoutaient ainsi, tout en affectant de se moquer? Rien ne prouvait qu'elles fussent les filles de ce vieux marquis ressuscité par magie après avoir passé pour mort, que dis-je? après avoir été mort probablement pendant cinquante ans. Ce devait être un vampire. Il les tourmentait déjà toutes les nuits, mais chaque matin, grâce à sa science, elles avaient perdu le souvenir de ce cauchemar, et tâchaient de se reprendre à la vie. Hélas! elles n'en avaient pas pour longtemps, les pauvrettes! Un matin, on les trouverait étranglées dans quelque gargouille du vieux manoir.

A ces folles rêveries, quelques indices réels venaient pourtant se joindre. Je ne sais ce que les noeuds de rubans venaient faire là; mais le ruban rose et or du petit soulier coïncidait, je ne sais comment, avec le noeud de ruban cerise que j'avais ramassé. Son noeud, avait-elle dit, son noeud d'épée!--Qui donc, dans le château, portait encore la costume de nos pères, l'épée et le noeud d'épée? Cela était vraiment bizarre, et il l'avait fait lui-même! Il prétendait que ces charmantes petites mains de fée ne savaient pas faire un noeud digne de lui! Il était donc bien impérieux et bien difficile, ce tyran de la jeunesse et de la beauté! Qu'il fût jeune ou vieux, ce porteur d'épée, ce faiseur de noeuds, il était peu galant ou peu paternel. Ce ne pouvait être que le diable ou l'un de ses suppôts rechignés.

Je ne sais combien de bizarres compositions me vinrent à ce sujet; mais je ne les exécutai point. La mère Peirecote m'avait soufflé le poison de sa curiosité, et je ne tenais pas en place. Il me sembla qu'il était fort tard, tant j'avais fait de rêves en peu d'instants. Ma montre s'était arrêtée; mais l'horloge du hameau sonna neuf heures, et je m'inquiétai du reste de ma nuit, car je n'avais plus envie de dessiner; il m'était impossible de lire, et je mourais d'envie d'agir comme un écolier, c'est-à-dire d'aller chercher quelque aventure poétique ou ridicule sous les murs du vieux château.

Je commençai par m'assurer d'un moyen de sortie qui ne fît ni bruit ni scandale, et je l'eus trouvé avant d'être décidé à m'en servir. Les contrevents de ma fenêtre ouvraient sans crier et donnaient sur un petit jardin clos seulement d'une haie vive fort basse. La maison n'avait qu'un étage de niveau avec le sol. Cela était si facile et si tentant, que je n'y résistai pas. Je me munis d'un briquet, de plusieurs cigares, de ma canne à tête plombée; je cachai ma figure dans un grand foulard, je m'enveloppai de mon manteau, et, pour me déguiser mieux, je décrochai de la muraille une espèce de chapeau tyrolien appartenant à M. Volabù; puis je sortis de la maison par la fenêtre, je poussai les contrevents, j'enjambai la haie; la neige absorbait le bruit de mes pas. Tout dormait dans le village; la lune brillait au ciel. Je gagnai la campagne, rien qu'en faisant à l'extérieur le tour de la maison.

J'arrivai au fossé que je connaissais déjà si bien. La nuit avait raffermi la glace. Je montai, non sans peine, le petit escalier, qui était devenu fort glissant. J'entrai résolument dans le parc, et j'approchai du château comme un Almaviva préparé à toute aventure.

Je touchais aux portes vitrées du rez-de-chaussée donnant toutes sur une longue terrasse couverte de vignes desséchées par l'hiver, qui ressemblaient, dans la nuit, à de gros serpents noirs courant sur les murs et se roulant autour des balustres. J'avais monté sans hésiter l'escalier bordé de grands vases de terre cuite qui entaillait noblement le perron sur chaque face. Tous les volets étaient hermétiquement fermés; je ne craignais pas qu'on me vît de l'intérieur. Je voulais écouter ces bruits étranges, ces cris, ces roulements de tonnerre, ces meubles mis en danse, cette musique infernale dont ma vieille hôtesse m'avait rempli la cervelle.

Je ne fus pas longtemps sans reconnaître qu'on agissait énergiquement dans cette demeure silencieuse et déserte au dehors. De grands coups de marteau résonnaient dans l'intérieur, et des éclats de voix, comme de gens qui disentent ou s'avertissent en travaillant, frappèrent confusément mon oreille. Tout cela se passait fort près de moi, probablement dans une des pièces du rez-de-chaussée; mais les contrevents en plein chêne, rembourrés de crin et garnis de cuir, ne me permettaient pas de saisir un seul mot.

Les aboiements d'un chien m'avertirent de me tenir à distance. Je descendis le perron, et bientôt j'entendis ouvrir la porte que je venais de quitter. Le chien hurlait, je me crus perdu, car le clair de lune ne me permettait pas de franchir l'espace découvert qui me séparait des premiers massifs.

--Ne laisse pas sortir Hécate! dit une voix que je reconnus aussitôt pour celle de la plus jeune de mes deux héroïnes. Elle est folle au clair de la lune, et elle casse tous les vases du perron.

--Rentrez, Hécate! dit l'autre, dont je reconnus aussi la voix. Elle ferma la porte au nez de la grande levrette, qui les avertissait de ma présence et gémissait de n'être pas comprise.

Les deux jeunes filles s'avancèrent sur le perron. Je me cachai sous la voûte qu'il formait entre les deux escaliers latéraux.

--Ne mets donc pas ainsi tes bras nus sur la neige, petite; tu vas t'enrhumer, disait l'aînée. Qu'as-tu besoin de t'appuyer sur la balustrade?

--Je suis fatiguée, et je meurs de chaud.

--En ce cas, rentrons.

--Non, non! c'est si beau la nuit, la lune et la neige! Ils en ont au moins pour un quart d'heure à arranger le cimetière, respirons un peu.

Le cimetière me fit ouvrir l'oreille; la nuit sonore me permettait de ne pas perdre une de leurs paroles, et j'allais saisir le mot de l'énigme, lorsque quelqu'un de l'intérieur, ennuyé des cris du chien, ouvrit la porte et laissa passer la maudite bête, qui s'élança jusqu'à moi et s'arrêta à l'entrée de la voûte, indignée de ma présence, mais tenue en respect par la canne dont je la menaçais.

--Oh! qu'ils sont ennuyeux d'avoir lâché Hécate! disaient tranquillement ces demoiselles, pendant que j'étais dans une situation désespérée. Ici, Hécate, tais-toi donc! tu fais toujours du bruit pour rien!

--Mais comme elle est en colère! c'est peut-être un voleur! dit la petite.

--Est-ce qu'il y a des voleurs ici? me cria l'aînée en riant; monsieur le voleur, répondez.

--Ou bien, c'est un curieux, ajouta l'autre. Monsieur le curieux, vous perdez votre temps; vous vous enrhumez pour rien. Vous ne nous verrez pas.

--A toi, Hécate! mange-le!

Hécate n'eût pas demandé mieux, si elle eût osé. Bruyante, mais craintive, comme le sont les levrettes, elle reculait hérissée de colère et de peur, quoiqu'elle fût de taille à m'étrangler.

--Bah! ce n'est personne, dit l'une des demoiselles, elle crie après la statue qui est là au fond de la grotte.

--Et si nous allions voir?

--Ma foi non, j'ai peur!

--Et moi aussi, rentrons!

--Appelons nos garçons!

--Ah bien oui! ils ont bien autre chose en tête, et ils se moqueront de nous comme à l'ordinaire.

--Il fait froid, allons-nous-en.

--Il fait peur, sauvons-nous!

Elles rentrèrent en rappelant la chienne. Tout se referma hermétiquement, et je n'entendis plus rien pendant un quart d'heure; mais tout à coup les cris d'une personne qui semblait frappée d'épouvante retentirent. On parla haut sans que je pusse distinguer ni les paroles ni l'accent. Il y eut encore un silence, puis des éclats de rire, puis plus rien, et je perdis patience, car j'étais transi de froid, et la maudite levrette pouvait me trahir encore, pour peu qu'on eût le caprice de venir poser de jolis petits bras nus sur la neige de la balustrade. Je regagnai la maison Volabù, certain qu'on ne m'avait pas tout à fait trompé, et qu'on travaillait dans le château à une oeuvre inconnue et inqualifiable, mais un peu honteux de n'avoir rien découvert, sinon qu'on arrangeait le cimetière et qu'on se moquait des curieux.

La nuit était fort avancée quand je me retrouvai dans ma petite chambre. Je passai encore quelque temps à rallumer mon feu et à me réchauffer avant de pouvoir m'endormir, si bien que, lorsque Volabù vint pour m'éveiller avec le jour, il n'osa le faire, tant je m'acquittais en conscience de mon premier somme. Je me levai tard. Il avait eu le temps de me préparer mon déjeuner, qu'il fallut accepter sous peine de désespérer le brave homme et madame Volabù, qui avait des prétentions assez fondées au talent de cuisinière. A midi, une affaire survint à mon hôte: il était prêt à y renoncer pour tenir sa parole envers moi; mais moi, sans me vanter de mon escapade, j'avais un fiasco sur le coeur, et je me sentais beaucoup moins pressé que la veille d'arriver à Briançon. Je priai donc mon hôte de ne pas se gêner, et je remis notre départ au lendemain, à la condition qu'il me laisserait payer la dépense que je faisais chez lui, ce qui donna lieu à de grandes contestations, car cet homme était sincèrement libéral dans son hospitalité. Il eût discuté avec moi pour une misère durant le voyage, si j'eusse voulu marchander; chez lui, il était prêt à mettre le feu à la maison pour me prouver son savoir-vivre.

IX.
L'UOM DI SASSO.

J'étais trop mécontent du résultat de mon entreprise pour me sentir disposé à faire de nouvelles questions sur le château mystérieux. Je renfermais ma curiosité comme une honte, le succès ne l'avait pas justifiée; mais elle n'en subsistait pas moins au fond de mon imagination, et je faisais de nouveaux projets pour la nuit suivante. En attendant, je résolus d'aller pousser une reconnaissance autour du château, pour me ménager les moyens de pénétrer nuitamment dans l'intérieur de la place, s'il était possible... Bah! me disais-je, tout est possible à celui qui veut.

J'allais sortir, lorsqu'un petit paysan, qui rôdait devant la route, me regarda avec ce mélange de hardiesse et de poltronerie qui caractérise les enfants de la campagne. Puis, comme j'observais sa mine à la fois espiègle et farouche, il vint à moi, et, me présentant une lettre, il me dit: «Regardez ça, si c'est pour vous.» Je lus mon nom et mon prénom tracés fort lisiblement et d'une main élégante sur l'adresse. A peine eus-je fait un signe affirmatif que l'enfant s'enfuit sans attendre ni questions ni récompense. Je courus à la signature, qui ne m'apprit rien d'officiel, mais à laquelle pourtant je ne me trompai pas. Stella et Béatrice! les jolis noms! m'écriai-je, et je rentrai dans ma chambre, assez ému, je le confesse.

«Le hasard, aidé de la curiosité, disait cette gracieuse lettre parfumée, a fait découvrir à deux petites filles fort rusées le nom de l'étranger qui a ramassé le noeud de ruban cerise. Des pas laissés sur la neige, coïncidant avec les avertissements de la belle chienne Hécate, ont prouvé à ces demoiselles que l'étranger était encore plus curieux que poli et prudent, et qu'il ne craignait pas de marcher sur les eaux pour surprendre les secrets d'autrui. Le sort en est jeté! Puisque vous voulez être initié à nos mystères, ô jeune présomptueux, vous le serez! Puissiez-vous ne pas vous en repentir, et vous montrer digne de notre confiance! Soyez muet comme la tombe; la plus légère indiscrétion nous mettrait dans l'impossibilité de vous admettre. Venez à huit heures du soir (solo e inosservato) au bord du fossé, vous y trouverez Stella et Béatrice.»

Tout le billet était écrit en italien et rédigé dans le pur toscan que je leur avais entendu parler. Je hâtai le dîner pour avoir le droit de sortir à six heures, prétextant que j'allais voir lever la lune sur le haut des collines. En effet, je fis une course au delà du château, et à huit heures précises j'étais au rendez-vous. Je n'attendis pas cinq minutes. Mes deux charmantes châtelaines parurent, bien enveloppées et encapuchonnées. Je fus un peu inquiet, lorsque j'eus franchi l'escalier, d'en voir une troisième sur laquelle je ne comptais pas. Celle-là était masquée d'un loup de velours noir et son manteau avait la forme d'un domino de bal.-- Ne soyez pas effrayé, me dit la petite Béatrice en me prenant sans façon par-dessous le bras, nous sommes trois. Celle-ci est notre soeur aînée. Ne lui parlez pas, elle est sourde. D'ailleurs il faut nous suivre sans dire un mot, sans faire une question. Il faut vous soumettre à tout ce que nous exigerons de vous, eussions-nous la fantaisie de vous couper la moustache, les cheveux et même un peu de l'oreille. Vous allez voir des choses fort extraordinaires et faire tout ce qu'on vous commandera, sans hasarder la moindre objection, sans hésiter, et surtout sans rire, dès que vous aurez passé le seuil du sanctuaire. Le rire intempestif est odieux à notre chef, et je ne réponds pas de ce qui vous arriverait si vous ne vous comportiez pas avec la plus grande dignité.

--Monsieur engage-t-il ici sa parole d'honnête homme, dit à son tour Stella, la seconde des deux soeurs, à nous obéir dans toutes ces prescriptions? Autrement, il ne fera point un pas de plus sur nos domaines, et ma soeur aînée que voici, et qui est sourde comme la loi du destin, l'enchaînera jusqu'au jour, par une force magique, au pied de cet arbre où il servira demain de risée aux passants. Pour cela il ne faut qu'un signe de nous; ainsi, parlez vite, Monsieur.

--Je jure sur mon honneur, et par le diable, si vous voulez, d'être à vous corps et âme jusqu'à demain matin.

--A la bonne heure, dirent-elles; et me prenant chacune par un bras, elles m'entraînèrent dans un dédale obscur de bosquets d'arbres verts. Le domino noir nous précédait, marchant vite, sans détourner la tête. Une branche ayant accroché le bas de son manteau, je vis se dessiner sur la neige une jambe très-fine et qui pourtant me parut suspecte, car elle était chaussée d'un bas noir avec une floche de rubans pareils retombant sur le côté, sans aucun indice de l'existence d'un jupon. Cette soeur aînée, sourde et muette, me fit l'effet d'un jeune garçon qui ne voulait pas se trahir par la voix et qui surveillait ma conduite auprès de ses soeurs, pour me remettre à la raison, s'il en était besoin.

Je ne pus me défendre du sot amour-propre de faire part de ma découverte, et j'en fus aussitôt châtié.--Pourquoi avez-vous manqué de confiance en moi? disais-je à mes deux jeunes amies. Il n'était pas besoin de la présence de votre frère pour m'engager d'être auprès de vous le plus soumis et le plus respectueux des adeptes.

--Et vous, pourquoi manquez-vous à votre serment? répliqua Stella d'un ton sévère: allons, il est trop tard pour reculer, et il faut employer les grands moyens pour vous forcer au silence.

Elle m'arrêta; le domino noir se retourna malgré sa surdité, et présenta un bandeau, qu'à elles trois elles placèrent sur mes yeux avec la précaution et la dextérité de jeunes filles qui connaissent les supercheries possibles du jeu de colin-maillard.--On vous fait grâce du bâillon, me dit Béatrice; mais, à la première parole que vous direz, vous ne l'échapperez pas, d'autant plus que nous allons trouver main-forte, je vous en avertis. En attendant, donnez-nous vos mains; vous ne serez pas assez félon, je pense, pour nous les retirer et pour nous forcer à vous les lier derrière le dos.

Je ne trouvais pas désagréable cette manière d'avoir les mains liées, en les enlaçant à celles de deux filles charmantes, et la cérémonie du bandeau ne m'avait pas révolté non plus; car j'avais senti se poser doucement sur mon front et passer légèrement dans ma chevelure deux autres mains, celles de la soeur aînée, lesquelles, dégantées pour cet office d'exécuteur des hautes-oeuvres, ne me laissèrent plus aucun doute sur le sexe du personnage muet.

Je dois dire à ma louange que je n'eus pas un instant d'inquiétude sur les suites de mon aventure. Quelque inexplicable qu'elle fût encore, je n'eus pas le provincialisme de redouter une mystification de mauvais goût; je ne m'étais muni d'aucun poignard, et les menaces de mes jolies sibylles ne m'inspiraient aucune crainte pour mes oreilles ni même pour ma moustache. Je voyais assez clairement que j'avais affaire à des personnes d'esprit, et le souvenir de leurs figures, le son de leurs voix, ne trahissaient en elles ni la méchanceté ni l'effronterie. Certes, elles étaient autorisées par leur père, qui sans doute me connaissait de réputation, à me faire cet accueil romanesque, et, ne le fussent-elles pas, il y a autour de la femme pure je ne sais quelle indéfinissable atmosphère de candeur, qui ne trompe pas le sens exercé d'un homme.

Je sentis bientôt, à la chaleur de la température et à la sonorité de mes pas, que j'étais dans le château; on me fit monter plusieurs marches, on m'enferma dans une chambre, et la voix de Béatrice me cria à travers la porte: «Préparez-vous, ôtez votre bandeau, revêtez l'armure, mettez le masque, n'oubliez rien! On viendra vous chercher tout à l'heure.»

Je me trouvai seul dans un cabinet meublé seulement d'une grande glace, de deux quinquets et d'un sofa, sur lequel je vis une étrange armure. Un casque, une cuirasse, une cotte, des brassards, des jambards, le tout mat et blanc comme de la pierre. J'y touchai, c'était du carton, mais si bien modelé et peint en relief pour figurer les ornements repoussés, qu'à deux pas l'illusion était complète. La cotte était en toile d'encollage, et ses plis inflexibles simulaient on ne peut mieux la sculpture. Le style de l'accoutrement guerrier était un mélange d'antique et de rococo, comme on le voit employé dans les panoplies de nos derniers siècles. Je me hâtai de revêtir cet étrange costume, même le masque, qui représentait la figure austère et chagrine d'un vieux capitaine, et dont les yeux blancs, doublés d'une gaze à l'intérieur, avaient quelque chose d'effrayant. En me regardant dans la glace, cette gaze ne me permettant pas une vision bien nette, je me crus changé en pierre, et je reculai involontairement.

La porte se rouvrit. Stella vint m'examiner en silence, et en posant son doigt sur ses lèvres: «C'est à merveille, dit-elle en parlant bas. L'uom' di sasso est effroyable! Mais n'oubliez pas les gants blancs... Oh! ceux-ci sont trop frais, salissez-les un peu contre la muraille pour leur donner un ton et des ombres. Il faut que, vu de près, tout fasse illusion. Bien! venez maintenant. Mes frères vous attendent, mais mon père ne se doute de rien. Allons, comportez-vous comme une statue bien raisonnable. N'ayez pas l'air de voir et d'entendre!»

Elle me fit descendre un escalier dérobé, pratiqué dans l'épaisseur d'un mur énorme, puis elle ouvrit une porte en bas, et me conduisit à un siége où elle me laissa en me disant tout bas: «Posez-vous bien. Soyez artiste dans cette pose-là!»

Elle disparut; le plus grand silence régnait autour de moi, et ce ne fut qu'au bout de quelques secondes que la gaze de mon masque me permit de distinguer les objets mal éclairés qui m'environnaient.

Qu'on juge de ma surprise: j'étais assis sur une tombe! Je faisais monument dans un coin de cimetière éclairé par la lune. De vrais ifs étaient plantés autour de moi, du vrai lierre grimpait sur mon piédestal. Il me fallut encore quelques instants pour m'assurer que j'étais dans un intérieur bien chauffé, éclairé par un clair de lune factice. Les branches de cyprès qui s'entrelaçaient au-dessus de ma tête me laissaient apercevoir des coins de ciel bleu, qui n'étaient pourtant que de la toile peinte, éclairée par des lumières bleues. Mais tout cela était si artistement agencé, qu'il fallait un effort de la raison pour reconnaître l'artifice. Étais-je sur un théâtre? Il y avait bien devant moi un grand rideau de velours vert; mais, autour de moi, rien ne sentait le théâtre. Rien n'était disposé pour des effets de scène ménagés au spectateur. Pas de coulisses apparentes pour l'acteur, mais des issues formées par des masses de branches vertes et voilant leurs extrémités par des toiles bleues perdues dans l'ombre. Point de quinquets visibles; de quelque côté qu'on cherchât la lumière, elle venait d'en haut, comme des astres, et, du point où l'on m'avait rivé sur mon socle funéraire, je ne pouvais saisir son foyer. Le plancher était caché sous un grand tapis vert imitant la mousse. Les tombes qui m'entouraient me semblaient de marbre, tant elles étaient bien peintes et bien disposées. Dans le fond, derrière moi, s'élevait un faux mur qui ressemblait à un vrai mur à s'y tromper. On n'avait pas cherché ces lointains factices qui ne font illusion qu'au parterre et contre lesquels l'acteur se heurte aux profondeurs de l'horizon. La scène dont je faisais partie était assez grande pour que rien n'y choquât l'apparence de la réalité. C'était une vaste salle arrangée de façon à ce que je pusse me croire dans une petite cour de couvent, ou dans un coin de jardin destiné à d'illustres sépultures. Les cyprès semblaient plantés réellement dans de grosses pierres qu'on avait transportées pour les soutenir, et où la mousse du parc était encore fraîche.

Donc je n'étais pas sur un théâtre, et pourtant je servais à une représentation quelconque. Voici ce que j'imaginai: M. de Balma était fou, et ses enfants essayaient d'étranges fantaisies pour flatter la sienne. On lui servait des tableaux appropriés à la disposition lugubre ou riante de son cerveau malade, car j'avais entendu rire et chanter la nuit précédente, quoiqu'on eût déjà parlé de cimetière. J'entendis des chuchotements, des pas furtifs et des frôlements de robe derrière les massifs qui m'environnaient; puis la douce voix de Béatrice, partant de derrière le rideau, prononça ces mots:--Il est temps!...

Alors un choeur, formé de quelques voix admirables, s'éleva de divers côtés, comme si des esprits eussent habité ces buissons de cyprès, dont les tiges se balançaient sur ma tête et à mes pieds. J'arrangeai ma pose de Commandeur, car je vis bien qu'il y avait du don Juan dans cette affaire. Le chœur était de Mozart, et chantait les admirables accords harmoniques du cimetière: «Di rider finirai, pria dell'aurora. Ribaldo! audace! lascia ai morti la pace!»

Involontairement je mêlai ma voix à celle des fantômes invisibles; mais je me tus en voyant le rideau s'ouvrir en face de moi.

Il ne se leva pas comme une toile de théâtre, il se sépara en deux comme un vrai rideau qu'il était; mais il ne m'en dévoila pas moins l'intérieur d'une jolie petite salle de spectacle, ornée de deux rangées de belles loges décorées dans le goût de Louis XIV. Trois jolis lustres pendaient de la voûte; il n'y avait pas de rampe allumée, mais il y avait la place d'un orchestre. Le plus curieux de tout cela, c'est qu'il n'y avait pas un spectateur, pas une âme dans toute cette salle, et que je me trouvais poser la statue devant les banquettes.

--Si c'est là toute la mystification que je subis, pensai-je, elle n'est pas bien méchante. Reste à savoir combien de temps on me laissera faire mon effet dans le vide.

Je n'attendis pas longtemps. Don Juan et Leporello sortirent du massif derrière moi, et se mirent à causer. Leurs costumes, admirables de vérité, de bon goût et d'exactitude, ne me permirent pas de reconnaître tout de suite les acteurs, car Leporello surtout était rajeuni de trente ans. Il avait la taille leste, la jambe ferme, une barbe noire taillée en collier andalous, une résille qui cachait son front ridé; mais, à sa voix, pouvais-je hésiter un instant? C'était le vieux Boccaferri devenu un acteur élégant et alerte.

Mais ce beau don Juan, ce fier et poétique jeune homme qui s'appuyait négligemment sur mon piédestal, sans daigner tourner vers moi son visage, ombragé d'une perruque blonde et d'un large feutre Louis XIII, à plume blanche, quel était-il donc? Son riche vêtement semblait emprunté à un portrait de famille. Ce n'était point un costume de fantaisie, un composé de chiffons et de clinquant: c'était un véritable pourpoint de velours aussi court que le portaient les dandys de l'époque, avec des braies aussi larges, des passements aussi raides, des rubans aussi riches et aussi souples. Rien n'y sentait la boutique, le magasin de costumes, l'arrangement infidèle par lequel l'acteur transige avec les bourgeoises du public en modifiant l'extravagance ou l'exagération des anciennes modes, c'était la première fois que j'avais sous les yeux un vrai personnage historique dans son vrai costume et dans sa manière de le porter. Pour moi, peintre, c'était une bonne fortune. Le jeune homme était svelte et fait au tour. Il se dandinait comme un paon, et me donnait une idée beaucoup plus juste de don Juan que ne me l'eût donnée le beau Célio lui-même sur les planches, car Célio y eût voulu mettre quelque chose de hautain et de tragique qui outrepasse la donnée du caractère... Mais tout à coup, sur une observation poltronne de Leporello Boccaferri, il leva la tête vers moi, statue, d'un air de nonchalante ironie, et je reconnus Célio Floriani en personne.

Savait-il qui j'étais? Dans tous les cas, mon masque ne lui permettait guère de sourire à des traits connus, et, comme la pièce me paraissait engagée avec un merveilleux sang-froid, je gardai ma pose immobile.

Quand le premier effet de la surprise et de la joie se fut dissipé, car, bien que je ne visse pas la Boccaferri, j'espérais qu'elle n'était pas loin, je prêtai l'oreille à la scène qui se jouait, afin de ne pas la faire manquer. Mon rôle n'était pas difficile, puisque je n'avais qu'un geste à faire et un mot à dire, mais encore fallait-il les placer à propos.

J'avais cru, d'après le choeur, où, faute d'instruments, des voix charmantes remplaçaient les combinaisons harmoniques de l'orchestre, qu'il s'agissait de l'opéra de Mozart rendu d'une certaine façon; mais le dialogue parlé de Célio et de Boccaferri me fit croire qu'on jouait la comédie de Molière en italien. Je la savais presque par coeur en français; je ne fus donc pas longtemps à m'apercevoir qu'on ne suivait pas cette version à la lettre, car dona Anna, vêtue de noir, traversa le fond du cimetière, s'approcha de moi comme pour prier sur ma tombe, puis, apercevant deux promeneurs, elle se cacha pour écouter. Cette belle dona Anna, costumée comme un Velasquez, était représentée par Stella. Elle était pâle et triste, autant que son rôle le comportait en cet instant. Elle apprit là que c'était don Juan qui avait tué son père, car le réprouvé s'en vanta presque, en raillant le pauvre Leporello qui mourait de peur. Anna étouffa un cri en fuyant. Leporello répondit par un cri d'effroi, et déclara à son maître que les âmes des morts étaient irritées de son impiété; que, quant à lui, il ne traverserait pas cet endroit du cimetière, et qu'il en ferait le tour extérieur plutôt que d'avancer d'un pas. Don Juan le prit par l'oreille et le força de lire l'inscription du monument du Commandeur. Le pauvre valet déclara ne savoir pas lire, comme dans le libretto de l'opéra italien. La scène se prolongea d'une manière assez piquante à étudier, car c'était un composé de la comédie de Molière et du drame lyrique mis en action et en langage vulgaire, le tout compliqué et développé par une troisième version que je ne connaissais pas et qui me parut improvisée. Cela faisait un dialogue trop étendu et parfois trop familier pour une scène qui se serait jouée en public, mais qui prenait là une réalité surprenante, à tel point que la convention ne s'y sentait plus du tout par moments, et que je croyais presque assister à un épisode de la vie de don Juan. Le jeu des acteurs était si naturel et le lieu où ils se tenaient si bien disposé pour la liberté de leurs mouvements, qu'ils n'avaient plus du tout l'air de jouer la comédie, mais de se persuader qu'ils étaient les vrais types du drame.

Cette illusion me gagna moi-même quand je vis Leporello m'adresser l'invitation de son maître, et montrer à mon inflexion de tête une terreur non équivoque. Jamais tremblement convulsif, jamais contraction du visage, jamais suffocation de la voix et flageolement des jambes n'appartinrent mieux à l'homme sérieusement épouvanté par un fait surnaturel. Don Juan lui-même fut ému lorsque je répondis à son insolente provocation par le oui funèbre. Un coup de tamtam dans la coulisse et des accords lugubres faillirent me faire tressaillir moi-même. Don Juan conserva la tête haute, le corps raide, la flamberge arrogante retroussant le coin du manteau; mais il tremblait un peu, sa moustache blonde se hérissait d'une horreur secrète, et il sortit en disant: «Je me croyais à l'abri de pareilles hallucinations; sortons d'ici!» il passa devant moi en me toisant avec audace; mais son oeil était arrondi par la peur, et une sueur froide baignait son front altier. Il sortit avec Leporello, et le rideau se referma pendant que les esprits reprenaient le choeur du commencement de la scène:

Di rider finirai, etc.

Aussitôt dona Anna vint me prendre par la main, et m'aidant à me débarrasser du masque, elle me conduisit au bord du rideau, en me disant de regarder avec précaution dans la salle. Le parterre de cette salle, qui n'était garni que d'une douzaine de fauteuils, d'une table chargée de papiers et d'un piano à queue, devenait, dans les entr'actes, le foyer des acteurs. J'y vis le vieux Boccaferri s'éventant avec un éventail de femme, et respirant à pleine poitrine comme un homme qui vient d'être réellement très-ému. Célio rassemblait des papiers sur la table; Béatrice, belle comme un ange, en costume de Zerlina, tenait par la main un charmant garçon encore imberbe, qui me sembla devoir être Masetto. Un cinquième personnage, enveloppé d'un domino de bal, qui, retroussé sur sa hanche, laissait voir une manchette de dentelle sur un bas de soie noire, me tournait le dos. C'était la troisième prétendue demoiselle de Balma, la sourde, costumée en Ottavio, qui m'avait intrigué dans le jardin; mais était-ce là Cécilia? Elle me paraissait plus grande, et cette tournure dégagée, cette pose de jeune homme, ne me rappelaient pas la Boccaferri, à laquelle je n'avais jamais vu porter sur la scène les vêtements de notre sexe.

J'allais demander son nom à Stella, lorsque celle-ci mit le doigt sur ses lèvres et me fit signe d'écouter.

--Pardieu! disait Boccaferri à Célio, qui lui faisait compliment de la manière dont il avait joué, on aurait bien joué à moins! J'étais mort de peur, et cela tout de bon; car je n'avais pas vu la statue à la répétition d'hier, et quoique j'aie coupé et peint moi-même toutes les pièces d'armure, je ne me représentais pas l'effet qu'elles produisent quand elles sont revêtues. Salvator posait dans la perfection, et il a dit son oui avec un timbre si excellent, que je n'ai pas reconnu le son de sa voix; et puis, dans ce costume, il me faisait l'effet d'un géant. Où est-il donc cet enfant, que je le complimente?

Boccaferri se retourna brusquement, et vit derrière lui le jeune homme auquel il s'adressait, occupé à mettre du rouge pour faire le personnage de Masetto.--En bien! quoi? s'écria Boccaferri, tu as déjà eu le temps de changer de costume?

--Comment, mon vieux répondit le jeune homme, tu crois que c'est moi qui ai fait la statue? Tu ne te souviens pas de m'avoir vu dans la coulisse au moment où tu es revenu tomber à genoux, comme voulant fuir (au plus beau moment de ta frayeur!), et que tu m'as dit tout bas: Cette figure de pierre m'a fait vraiment peur!

--Moi, je t'ai dit cela? reprit Boccaferri stupéfait, je ne m'en souviens pas. Je te voyais sans te voir; je n'avais pas ma tête. Oui, j'ai eu réellement peur. Je suis content, notre essai réussit, mes enfants; voilà que l'émotion nous gagne. Pour moi, c'est déjà fait; et quand vous en serez tous là, vous serez tous de grands artistes!...

--Mais, vieux fou, dit Célio en souriant, si ce n'était pas Salvator qui faisait la statue, qui était-ce donc? Tu ne te le demandes pas?

--Au fait, qui était-ce? Qui diable a fait cette statue?

Et Boccaferri se leva tout effrayé en promenant des yeux hagards autour de lui.

--Le bonhomme est très-impressionnable, me dit Stella; il ne faudrait pas pousser plus loin l'épreuve. Nommez-vous avant de vous montrer.

X.
OTTAVIO.

--Maître Boccaferri! criai-je en ouvrant doucement le rideau, reconnaissez-vous la voix du Commandeur?

--Oui, pardieu! je reconnais cette voix, répondit-il; mais je ne puis dire à qui elle appartient. Mille diables! il y a ici ou un revenant, ou un intrus; qu'est-ce que cela signifie, enfants?

--Cela signifie, mon père, dit Ottavio en se retournant et en me montrant enfin les traits purs et nobles de la Cécilia, que nous avons ici un bon acteur et un bon ami de plus. Elle vint à moi en me tendant la main. Je m'élançai d'un bond dans l'emplacement de l'orchestre; je saisis sa main que je baisai à plusieurs reprises, et j'embrassai ensuite le vieux Boccaferri qui me tendait les bras.

C'était la première fois que je songeais à lui donner cette accolade, dont la seule idée m'eût causé du dégoût deux mois auparavant. Il est vrai que c'était la première fois que je ne le trouvais pas ivre, ou sentant la vieille pipe et le vin nouveau.

Célio m'embrassa aussi avec plus d'effusion véritable que je ne l'y eusse cru disposé. La douleur de son fiasco semblait s'être effacée, et, avec elle, l'amertume de son langage et de sa physionomie. «Ami, me dit-il, je veux te présenter à tout ce que j'aime. Tu vois ici les quatre enfants de la Floriani, mes soeurs Stella et Béatrice, et mon jeune frère Salvator, le Benjamin de la famille, un bon enfant bien gai, qui pâlissait dans l'étude d'un homme de loi, et qui a quitté ce noir métier de scribe, il y a deux jours, pour venir se faire artiste à l'école de notre père adoptif, Boccaferri. Nous sommes ici pour tout le reste de l'hiver sans bouger; nous y faisons, les uns leur éducation, les autres leur stage dramatique. On t'expliquera cela plus tard: maintenant il ne faut pas trop s'absorber dans les embrassades et les explications, car on perdrait la pièce de vue; on se refroidirait sur l'affaire principale de la vie, sur ce qui passe avant tout ici, l'art dramatique!

--Un seul et dernier mot, lui dis-je en regardant Cécilia à la dérobée: pourquoi, cruels, m'aviez-vous abandonné? Si le plus incroyable, le plus inespéré des hasards ne m'eût conduit ici, je ne vous aurais peut-être jamais revus qu'à travers la rampe d'un théâtre; car tu m'avais promis de m'écrire, Célio, et tu m'as oublié!

--Tu mens! répondit-il en riant. Une lettre de moi, avec une invitation de notre cher hôte, le marquis, te cherche à Vienne dans ce moment-ci. Ne m'avais-tu pas dit que tu ne repasserais les Alpes qu'au printemps? Ce serait à toi de nous expliquer comment nous te retrouvons ici, ou plutôt comment tu as découvert notre retraite, et pourquoi il a fallu que ces demoiselles se compromissent jusqu'à t'écrire un billet doux sous ma dictée pour te donner le courage d'entrer par la porte au lieu de venir rôder sous les fenêtres. Si l'aventure d'hier soir ne m'eût pas mis sur tes traces, si je ne les avais suivies, ce matin, ces traces indiscrètes empreintes sur la neige, et cela jusque chez le voiturin

Volabù, où j'ai vu ton nom sur une caisse placée dans son hangar, tu nous ménageais donc quelque terrible surprise?

--Moi? j'étais le plus sot et le plus innocent des curieux. Je ne vous savais pas ici. J'avais la tête échauffée par votre sabbat nocturne, qui met en émoi tout le hameau, et je venais tâcher de surprendre les manies de M. le marquis de Balma... Mais à propos, m'écriai-je en éclatant de rire et en promenant aussitôt un regard inquiet et confus autour de moi, chez qui sommes-nous ici? Que faites-vous chez ce vieux marquis, et comment peut-il dormir pendant un pareil vacarme?

Toute la troupe échangea à son tour des regards d'étonnement, et Béatrice éclata de rire comme je venais de le faire.

Mais Boccaferri prit la parole avec beaucoup de sang-froid pour me répondre.--Le vieux marquis est un monomane, en effet, dit-il. Il a la passion du théâtre, et son premier soin, dès qu'il s'est vu riche et maître d'un beau château, ç'a été de recruter, par mon intermédiaire, la troupe choisie qui est sous vos yeux, et de la cacher ici en la faisant passer pour sa famille. Comme il est grand dormeur et passablement sourd, nous nous amusons à répéter sans qu'il nous gêne, et, au premier jour, nous ferons nos débuts devant lui; mais, comme il est censé pleurer la mort du généreux frère qui ne l'a fait son héritier que faute d'avoir songé à le déshériter, il nous a recommandé le plus grand mystère. C'est pour cela que personne ne sait à quoi nous passons nos nuits, et l'on aime mieux supposer que c'est à évoquer le diable qu'à nous occuper du plus vaste et du plus complet de tous les arts. Restez donc avec nous, Salentini, tant qu'il vous plaira, et, si la partie vous amuse, soyez associée à notre théâtre. Comme je fais la pluie et le beau temps ici, on n'y saura pas votre vrai nom, s'il vous plaît d'en changer. Vous passerez même, au besoin, pour un sixième enfant du marquis. C'est moi son bras droit et son factotum qui choisis les sujets et qui les dirige. Vous voyez que je suis lié de vieille date avec ce bon seigneur, cela ne doit pas vous étonner: c'était un vieux ivrogne, et nous nous sommes connus au cabaret; mais nous nous sommes amendés ici, et, depuis que nous avons le vin à discrétion, nous sommes d'une sobriété qui vous charmera... Allons! nous oublions trop la pièce, et ce n'est pas dans un entr'acte qu'il faut se raconter des histoires. Voulez-vous faire jusqu'au bout le rôle de la statue? Ce n'est qu'une entrée de manége; demain on vous donnera, dans une autre pièce, le rôle que vous voudrez, ou bien vous prendrez celui d'Ottavio; et Cécilia créera celui d'Elvire, que nous avions supprimé. Vous avez déjà compris que nous inventons un théâtre d'une nouvelle forme et complètement à notre usage. Nous prenons le premier scénario venu, et nous improvisons le dialogue, aidés des souvenirs du texte. Quand un sujet nous plaît, comme celui-ci, nous l'étudions pendant quelques jours en le modifiant ad libitum. Sinon, nous passons à un autre, et souvent nous faisons nous-mêmes le sujet de nos drames et de nos comédies, en laissant à l'intelligence et à la fantaisie de chaque personnage le soin d'en tirer parti. Vous voyez déjà qu'il ne s'agit pour nous que d'une chose, c'est d'être créateurs et non interprètes serviles. Nous cherchons l'inspiration, et elle nous vient peu à peu. Au reste, tout ceci s'éclaircira pour vous en voyant comment nous nous y prenons. Il est déjà dix heures, et nous n'avons joué que deux actes. All'opra! mes enfants! Les jeunes gens au décor, les demoiselles au manuscrit pour nous aider dans l'ordre des scènes, car il faut de l'ordre même dans l'inspiration. Vite, vite, voici un entr'acte qui doit indisposer le public.

Boccaferri prononça ces derniers mots d'un ton qui eût fait croire qu'il avait sous les yeux un public imaginaire remplissant cette salle vide et sonore. Mais il n'était pas maniaque le moins du monde. Il se livrait à une consciencieuse étude de l'art, et il faisait d'admirables élèves en cherchant lui-même à mettre en pratique des théories qui avaient été le rêve de sa vie entière.

Nous nous occupâmes de changer la scène. Cela se fit en un clin d'oeil, tant les pièces du décor étaient bien montées, légères, faciles à remuer et la salle bien machinée.--Ceci était une ancienne salle de spectacle parfaitement construite et entendue, me dit Boccaferri. Les Balma ont eu de tout temps la passion du théâtre, sauf le dernier, qui est mort triste, ennuyé, parfaitement égoïste et nul, faute d'avoir cultivé et compris cet art divin. Le marquis actuel est le digne fils de ses pères, et son premier soin a été d'exhumer les décors et les costumes qui remplissaient cette aile de son manoir. C'est moi qui ai rendu la vie à tous ces cadavres gisant dans la poussière. Vous savez que c'était mon métier là-bas. Il ne m'a pas fallu plus de huit jours pour rendre la couleur et l'élasticité à tout cela. Ma fille, qui est une grande artiste, a rajeuni les habillements et leur a rendu le style et l'exactitude dont on faisait bon marché il y a cinquante ans. Les petites Floriani, qui veulent être artistes aussi un jour, l'aident en profitant de ses leçons. Moi, avec Célio, qui vaut dix hommes pour la promptitude d'exécution, l'adresse des mains et la rapidité d'intuition, nous avons imaginé de faire un théâtre dont nous pussions jouir nous-mêmes, et qui n'offrit pas à nos yeux, désabusés à chaque instant, ces laids intérieurs de coulisses pelées où le froid vous saisit le coeur et l'esprit dès que vous y rentrez. Nous ne nous moquons pas pour cela du public, qui est censé partager nos illusions. Nous agissons en tout comme si le public était là; mais nous n'y pensons que dans l'entr'acte. Pendant l'action, il est convenu qu'on l'oubliera, comme cela devrait être quand on joue pour tout de bon devant lui. Quant à notre système de décor, placez-vous au fond de la salle, et vous verrez qu'il fait plus d'effet et d'illusion que s'il y avait un ignoble envers tourné vers nous, et dont le public, placé de côté, aperçoit toujours une partie.

Il est vrai que nous employons ici, pour notre propre satisfaction, des moyens naïfs dont le charme serait perdu sur un grand théâtre. Nous plantons de vrais arbres sur nos planchers et nous mettons de vrais rochers jusqu'au fond de notre scène. Nous le pouvons, parce qu'elle est petite, nous le devons même, parce que les grands moyens de la perspective nous sont interdits. Nous n'aurions pas assez de distance pour qu'ils nous fissent illusion à nous-mêmes, et le jour où nous manquerons de l'illusion de la vue, celle de l'esprit nous manquera. Tout se tient: l'art est homogène, c'est un résumé magnifique de l'ébranlement de toutes nos facultés. Le théâtre est ce résumé par excellence, et voilà pourquoi il n'y a ni vrai théâtre, ni acteurs vrais, ou fort peu, et ceux-là qui le sont ne sont pas toujours compris, parce qu'ils se trouvent enchâssés comme des perles fines au milieu de diamants faux dont l'éclat brutal les efface.

   Il y a peu d'acteurs vrais, et tous devraient l'être! Qu'est-ce qu'un acteur, sans cette première condition essentielle et vitale de son art? On ne devrait distinguer le talent de la médiocrité que par le plus ou moins d élévation d'esprit des personnes. Un homme de coeur et d'intelligence serait forcément un grand acteur, si les règles de l'art étaient connues et observées; au lieu qu'on voit souvent le contraire. Une femme belle, intelligente, généreuse dans ses passions, exercée à la grâce libre et naturelle, ne pourrait pas être au second rang, comme l'a toujours été ma fille, qui n'a pas pu développer sur la scène l'âme et le génie qu'elle a dans la vie réelle. Faute de se trouver dans un milieu assez artiste pour l'impressionner, elle a toujours été glacée par le théâtre, et vous la verrez pourtant ici, vous ne la reconnaîtrez point! C'est qu'ici rien ne nous choque et ne nous contriste: nous élargissons par la fantaisie le cadre où nous voulons nous mouvoir, et la poésie du décor est la dorure du cadre.

   Oui, Monsieur, continua Boccaferri avec animation, tout en arrangeant mille détails matériels sans cesser de causer, l'invraisemblance de la mise en scène, celle des caractères, celle du dialogue, et jusqu'à celle du costume, voilà de quoi refroidir l'inspiration d'un artiste qui comprend le vrai et qui ne peut s'accommoder du faux. Il n'y a rien de bête comme un acteur qui se passionne dans une scène impossible, et qui prononce avec éloquence des discours absurdes. C'est parce qu'on fait de pareilles pièces et qu'on les monte par-dessus le marché avec une absurdité digne d'elles, qu'on n'a point d'acteurs vrais, et, je vous le disais, tous devraient l'être. Rappelez-vous la Cécilia. Elle a trop d'intelligence pour ne pas sentir le vrai; vous l'avez vue souvent insuffisante, presque toujours trop concentrée et cachant son émotion, mais vous ne l'avez jamais vue donner à côté, ni tomber dans le faux; et pourtant c'était une pâle actrice. Telle qu'elle était, elle ne déparait rien, et la pièce n'en allait pas plus mal. Eh bien, je dis ceci: que le théâtre soit vrai, tous les acteurs seront vrais, même les plus médiocres ou les plus timides; que le théâtre soit vrai, tous les êtres intelligents et courageux seront de grands acteurs; et, dans les intervalles où ceux-ci n'occuperont pas la scène, où le public se reposera de l'émotion produite par eux, les acteurs secondaires seront du moins naïfs, vraisemblables. Au lieu d'une torture qu'on subit à voir grimacer des sujets détestables, on éprouvera un certain bien-être confiant à suivre l'action dans les détails nécessaires à son développement. Le public se formera à cette école, et, au lieu d'injuste et de stupide qu'il est aujourd'hui, il deviendra consciencieux, attentif, amateur des oeuvres bien faites et ami des artistes de bonne foi. Jusque-là, qu'on ne me parle pas de théâtre, car vraiment c'est un art quasi perdu dans le monde, et il faudra tous les efforts d'un génie complet pour le ressusciter.

Oui, mon fils Célio! dit-il en s'adressant au jeune homme qui attendait pour faire commencer l'acte qu'il eût cessé de babiller, ta mère, la grande artiste, avait compris cela. Elle m'avait écouté et elle m'a toujours rendu justice, en disant qu'elle me devait beaucoup. C'est parce qu'elle partageait mes idées qu'elle voulut faire elle-même les pièces qu'elle jouait, être la directrice de son théâtre, choisir et former ses acteurs. Elle sentait qu'une grande actrice a besoin de bons interlocuteurs et que la tirade d'une héroïne n'est pas inspirée quand sa confidente l'écoute d'un air bête. Nous avons fait ensemble des essais hardis; j'ai été son décorateur, son machiniste, son répétiteur, son costumier et parfois même son poëte; l'art y gagnait sans doute, mais non les affaires. Il eût fallu une immense fortune pour vaincre les premiers obstacles qui s'élevaient de toutes parts. Et puis le public ne sait point seconder les nobles efforts, il aime mieux s'abrutir à bon marché que de s'ennoblir à grands frais.

Mais toi, Célio, mais vous, Stella, Béatrice, Salvator, vous êtes jeunes, vous êtes unis, vous comprenez l'art maintenant, et vous pouvez, à vous quatre, tenter une rénovation. Ayez-en du moins le désir, caressez-en l'espérance; quand même ce ne serait qu'un rêve, quand même ce que nous faisons ici ne serait qu'un amusement poétique, il vous en restera quelque chose qui vous fera supérieurs aux acteurs vulgaires et aux supériorités de ficelle. O mes enfants! laissez-moi vous souffler le feu sacré qui me rajeunit et qui m'a consumé en vain jusqu'ici, faute d'aliments à mon usage. Je ne regretterai pas d'avoir échoué toute ma vie, en toutes choses, d'avoir été aux prises avec la misère jusqu'à être forcé d'échapper au suicide par l'ivresse! Non, je ne me plaindrai de rien dans mon triste passé, si la vivace postérité de la Floriani élève son triomphe sur mes débris, si Célio, son frère et ses soeurs réalisent le rêve de leur mère, et si le pauvre vieux Boccaferri peut s'acquitter ainsi envers la mémoire de cet ange!

--Tu as raison, ami, répondit Célio, c'était le rêve de ma mère de nous voir grands artistes; mais pour cela, disait-elle, il fallait renouveler l'art. Nous comprenons aujourd'hui, grâce à toi, ce qu'elle voulait dire; nous comprenons aussi pourquoi elle prit sa retraite à trente ans, dans tout l'éclat de sa force et de son génie, c'est-à-dire pourquoi elle était déjà dégoûtée du théâtre et privée d'illusions. Je ne sais si nous ferons faire un progrès à l'esprit humain sous ce rapport; mais nous le tenterons, et, quoi qu'il arrive, nous bénirons tes enseignements, nous rapporterons à toi toutes nos jouissances; car nous en aurons de grandes, et si les goûts exquis que tu nous donnes nous exposent à souffrir plus souvent du contact des mauvaises choses, du moins, quand nous toucherons aux grandes, nous les sentirons plus vivement que le vulgaire.

Nous passâmes au troisième acte, qui était emprunté presque en entier au libretto italien. C'était une fête champêtre donnée par don Juan à ses vassaux et à ses voisins de campagne dans les jardins de son château. J'admirai avec quelle adresse le scénario de Boccaferri déguisait les impossibilités d'une mise en scène où manquaient les comparses. La foule était toujours censée se mouvoir et agir autour de la scène où elle n'entrait jamais, et pour cause. De temps en temps un des acteurs, hors de scène, imitait avec soin des murmures, des trépignements lointains. Derrière les décors on fredonnait pianissimo sur un instrument invisible un air de danse tiré de l'opéra, en simulant un bal à distance. Ces détails étaient improvisés avec un art extrême, chacun prenant part à l'action avec une grande ardeur et beaucoup de délicatesse de moyens pour seconder les personnages en scène sans les distraire ni les déranger. L'arrangement ingénieux des coulisses étroites et sombres, ne recevant que le jour du théâtre qui s'éteignait dans leurs profondeurs, permettait à chacun d'observer et de saisir tout ce qui se passait sur la scène, sans troubler la vraisemblance en se montrant aux personnages en action. Tout le monde était occupé, et personne n'avait la faculté de se distraire une seule minute du sujet, ce qui faisait qu'on rentrait en scène aussi animé qu'on en était sorti.

Je trouvai donc le moyen de m'utiliser activement, bien que n'ayant pas à paraître dans cet acte. Le scénario surtout était la chose délicate à observer; et si je ne l'eusse pas vu pratiquer à ces êtres intelligents, qui me communiquaient à mon insu leur finesse de perception, je n'aurais pas cru possible de s'abandonner aux hasards de l'improvisation sans manquer à la proportion des scènes, à l'ordre des entrées et des sorties, et à la mémoire des détails convenus; Il parait que, dans les premiers essais, cette difficulté avait paru insurmontable aux Floriaui; mais Boccaferri et sa fille ayant persisté, et leurs théories sur la nature de l'inspiration dans l'art et sur la méthode d'en tirer parti ayant éclairé ce mystérieux travail, la lumière s'était faite dans ce premier chaos, l'ordre et la logique avaient repris leurs droits inaliénables dans toute opération saine de l'art, et l'effrayant obstacle avait été vaincu avec une rapidité surprenante. On n'en était même plus à s'avertir les uns les autres par des clins d'oeil et des mots à la dérobée comme on avait fait au commencement. Chacun avait sa règle écrite en caractères inflexibles dans la pensée; le brillant des à-propos dans le dialogue, l'entraînement de la passion, le sel de l'impromptu, la fantaisie de la divagation, avaient toute leur liberté d'allure, et cependant l'action ne s'égarait point, ou, si elle semblait oubliée un instant pour être réengagée et ressaisie sur un incident fortuit, la ressemblance de ce mode d'action dramatique avec la vie réelle (ce grand décousu, recousu sans cesse à propos) n'en était que plus frappante et plus attachante.

Dans cet acte, j'admirai d'abord deux talents nouveaux, Béatrice-Zerlina et Salvator-Masetto. Ces deux beaux enfants avaient l'inappréciable mérite d'être aussi jeunes et aussi frais que leurs rôles; et l'habitude de leur familiarité fraternelle donnait à leur dispute un adorable caractère de chasteté et d'obstination enfantine qui ne gâtait rien à celui de la scène. Ce n'était pas là tout à fait pourtant l'intention du libretto italien, encore moins cette de Molière; mais qu'importe? la chose, pour être rendue d'instinct, me parut meilleure ainsi. Le jeune Salvator (le Benjamin, comme on l'appelait) joua comme un ange. Il ne chercha pas à être comique, et il le fut. Il parla le dialecte milanais, dont il savait toutes les gentillesses et toutes les naïves métaphores pour en avoir été bercé naguère; il eut un sentiment vrai des dangers que courait Zerline à se laisser courtiser par un libertin; il la tança sur sa coquetterie avec une liberté de frère qui rendit d'autant plus naturelle la franchise du paysan. Il sut lui adresser ces malices de l'intimité qui piquent un peu les jeunes filles quand elles sont dites devant un étranger, et Béatrice fut piquée tout de bon, ce qui fit d'elle une merveilleuse actrice sans qu'elle y songeât.

Mais, à ce joli couple, succéda un couple plus expérimenté et plus savant, Anna et Ottavio. Stella était une héroïne pénétrante de noblesse, de douleur et de rêverie. Je vis qu'elle avait bien lu et compris le Don Juan d'Hoffmann, et qu'elle complétait le personnage du libretto en laissant pressentir une délicate nuance d'entraînement involontaire pour l'irrésistible ennemi de son sang et de son bonheur. Ce point fut touché d'une manière exquise, et cette victime d'une secrète fatalité fut plus vertueuse et plus intéressante ainsi, que la fière et forte fille du Commandeur pleurant et vengeant son père sans défaillance et sans pitié.

Mais que dirai-je d'Ottavio? Je ne concevais pas ce qu'on pouvait faire de ce personnage en lui retranchant la musique qu'il chante: car c'est Mozart seul qui eu a fait quelque chose. La Boccaferri avait donc tout a créer, et elle créa de main de maître; elle développa la tendresse, le dévouement, l'indignation, la persévérance que Mozart seul sait indiquer: elle traduisit la pensée du maître dans un langage aussi élevé que sa musique; elle donna à ce jeune amant la poésie, la grâce, la fierté, l'amour surtout!...--Oui, c'est là de l'amour, me dit tout à coup Célio en s'approchant de mon oreille, dans la coulisse, comme s'il eût répondu à ma pensée. Écoute et regarde la Cécilia, mon ami, et tâche d'oublier le serment que je t'ai fait de ne jamais l'aimer. Je ne peux plus te répondre de rien à cet égard, car je ne la connaissais pas il y a deux mois; je ne l'avais jamais entendue exprimer l'amour, et je ne savais pas qu'elle pût le ressentir. Or, je le sais maintenant que je la vois loin du public qui la paralysait. Elle s'est transformée à mes yeux, et moi, je me suis transformé aux miens propres. Je me crois capable d'aimer autant qu'elle. Reste à savoir si nous serons l'un à l'autre l'objet de cette ardeur qui couve en nous sans autre but déterminé, à l'heure qu'il est, que la révélation de l'art; mais ne te fie plus à ton ami, Adorno! et travaille pour ton compte sans l'appeler à ton aide.

En parlant ainsi, Célio me tenait la main et me la serrait avec une force convulsive. Je sentis, au tremblement de tout son être, que lui ou moi étions perdus.

--Qu'est-ce que cela? nous dit Boccaferri en passant près de nous. Une distraction? un dialogue dans la coulisse? Voulez-vous donc faire envoler le dieu qui nous inspire? Allons, don Juan, retrouvez-vous, oubliez Célio Floriani, et allons tourmenter Masetto!

XI.
LE SOUPER.

Quand cet acte fut fini, on retourna dans le parterre, lequel, ainsi que je l'ai dit, était disposé en salle de repos ou d'étude à volonté, et on se pressa autour de Boccaferri pour avoir son sentiment et profiter de ses observations. Je vis là comment il procédait pour développer ses élèves; car sa conversation était un véritable cours, et le seul sérieux et profond que j'aie jamais entendu sur cette matière.

Tant que durait la représentation, il se gardait bien d'interrompre les acteurs, ni même de laisser percer son contentement ou son blâme, quelque chose qu'ils fissent; il eût craint de les troubler ou de les distraire de leur but. Dans l'entr'acte, il se faisait juge; il s'intitulait public éclairé, et distribuait la critique ou l'éloge.

--Honneur à la Cécilia! dit-il pour commencer. Dans cet acte, elle a été supérieure à nous tous. Elle a porté l'épée et parlé d'amour comme Roméo; elle m'a fait aimer ce jeune homme dont le rôle est si délicat. Avez-vous remarqué un trait de génie, mes enfants? Écoutez. Célio, Adorno, Salvator; ceci est pour les hommes; les petites filles n'y comprendraient rien. Dans le libretto, que vous savez tous par coeur, il y a un mot que je n'ai jamais pu écouter sans rire. C'est lorsque dona Anna raconte à son fiancé qu'elle a failli être victime de l'audace de don Juan, ce scélérat ayant imité, dans la nuit du meurtre du Commandeur, la démarche et les manières d'Ottavio pour surprendre sa tendresse. Elle dit qu'elle s'est échappée de ses bras, et qu'elle a réussi à le repousser. Alors don Ottavio, qui a écouté ce récit avec une piteuse mine, chante naïvement: Respiro! Le mot est bien écrit musicalement pour le dialogue, comme Mozart savait écrire le moindre mot, mais le mot est par trop niais. Rubini, comme un maître intelligent qu'il est, le disait sans expression marquée, et en sauvait ainsi le ridicule: mais presque tous les autres Ottavio que j'ai entendus ne manquaient point de respirer le mot a pleine poitrine, en levant les yeux au ciel, comme pour dire au public: «Ma foi, je l'ai échappé belle».

Eh bien, Cécilia a écouté le récit d'Anna avec une douleur chaste, une indignation concentrée, qui n'aurait prêté à rire à aucun parterre, si impudique qu'il eût été! Je l'ai vu pâlir, mon jeune Ottavio! car la figure de l'acteur vraiment ému pâlit sous le fard, sans qu'il soit nécessaire de se retourner adroitement pour passer le mouchoir sur les joues, mauvaise ficelle, ressource grossière de l'art grossier. Et puis, quand il a été soulage de son inquiétude, au lieu de dire: Je respire! il s'est écrié, du fond de l'âme: Oh! perdue ou sauvée, tu aurait toujours été à moi!

--Oui, oui, s'écria Stella, qui ne se piquait pas de faire la petite fille ignorante, et s'occupait d'être artiste avant tout; j'ai été si frappée de ce mot, que j'ai senti comme un remords d'avoir été émue un instant dans les bras du perfide. J'ai aimé Ottavio, et vous allés voir, dans le quatrième acte, combien cette généreuse parole m'a rendu de force et de fierté.

--Brava! bravissima! dit Boccaferri, voilà ce qui s'appelle comprendre: un entr'acte ne doit pas être perdu pour un véritable artiste. Tandis qu'il repose ses membres et sa voix, il faut que son intelligence continue à travailler, qu'il résume ses émotions récentes, et qu'il se prépare à de nouveaux combats contre les dangers et les maux de sa destinée. Je ne me lasserai pas de vous le dire, le théâtre doit être l'image de la vie: de même que, dans la vie réelle, l'homme se recueille dans la solitude ou s'épanche dans l'intimité, pour comprendre les événements qui le pressent, et pour trouver dans une bonne résolution ou dans un bon conseil la puissance de dénouer et de gouverner les faits, de même l'acteur doit méditer sur l'action du drame et sur le caractère qu'il représente. Il doit chercher tous les jours, et entre chaque scène, tous les développements que ce rôle comporte. Ici, nous sommes libres de la lettre, et l'esprit d'improvisation nous ouvre un champ illimité de créations délicieuses. Mais, lors même qu'en public vous serez esclaves d'un texte, un geste, une expression de visage suffiront pour rendre votre intention. Ce sera plus difficile, mes enfants! car il faudra tomber juste du premier coup, et résumer une grande pensée dans un petit effet; mais ce sera plus subtil à chercher et plus glorieux à trouver: ce sera le dernier mot de la science, la pierre précieuse par excellence que nous cherchons ici dans une mine abondante de matériaux variés, où nous puisons à pleines mains, comme d'heureux et avides enfants que nous sommes, en attendant que nous soyons assez exercés et assez habiles pour ne choisir que le plus beau diamant de la roche.

Toi, Célio, continua Boccaferri, qu'on écoutait là comme un oracle, et contre lequel le fier Célio lui-même n'essayait pas de regimber, tu as été trop leste et pas assez hypocrite. Tu as oublié que la naïve et crédule Zerline était déjà assez femme pour exiger plus de cajoleries et pour se méfier de trop de hardiesse. Tu n'as pas oublié que Béatrice est ta soeur, et tu l'as traitée comme un petit enfant que tu es habitué à caresser sans qu'elle s'en fâche ou s'en inquiète.--Sois plus perfide, plus méchant, plus sec de coeur, et n'oublie pas que, dans l'acte que nous allons jouer, tu vas te faire tartufe... A propos, il nous manquait un père, en voici un; c'est M. Salentini qui nous tombe du ciel, et il faut improviser la scène du père. C'est du Molière, et c'est beau! Vite, enfants! un costume de grand d'Espagne à M. Salentini. L'habit Louis XIII, tirant encore sur l'Henri IV, ancienne mode; grande fraise, et la trousse violette, le pourpoint long, peu ou point de rubans.

Courez, Stella, n'oubliez rien; vous savez que je n'admets pas le: Je n'y ai pas pensé des jeunes filles. Repassez-moi tous les deux, ajouta-t-il en s'adressant à Célio et à moi, la scène de Molière. Monsieur Salentini, il ne s'agit que de s'en rappeler l'esprit et de s'en imprégner. Ne vous attachez pas aux mots. Au contraire, oubliez-les entièrement: la moindre phrase, retenue par coeur, est mortelle à l'improvisation... Mais, mon Dieu! j'oublie que vous n'êtes pas ici pour apprendre à jouer la comédie. Vous le ferez donc par complaisance, et vous le ferez bien, parce que vous avez du talent dans une autre partie, et que le sentiment du vrai et du beau sert à comprendre toutes les faces de l'art. L'art est un, n'est-ce pas?

--Je ferai de mon mieux pour ne dérouter personne, répondis-je, et je vous jure que tout ceci m'amuse, m'intéresse et me passionne infiniment.

--Merci, artiste! s'écria Boccaferri en me tendant la main. Oh! être artiste! Il n'y a que cela qui mérite la peine de vivre!

--Nous, au décor! dit-il à sa fille; je n'ai besoin que de toi pour m'aider à placer l'intérieur du palais de don Juan. Que l'armure de la statue soit prête pour que M. Salentini puisse la reprendre bien vite pendant la scène de M. Dimanche; et toi, Masetto, va te grimer pour faire ce vieux personnage. Célio, si tu as le malheur de causer dans la coulisse pendant cet acte, je serai mauvais comme je l'ai été dans la dernière scène du précédent: tu m'avais mis en colère, je n'étais plus lâche et poltron; et si je suis mauvais, tu le seras! C'est une grande erreur que de croire qu'un acteur est d'autant plus brillant que son interlocuteur est plus pâle: la théorie de l'individualisme, qui règne au théâtre plus que partout ailleurs, et qui s'exerce en ignobles jalousies de métier pour souiller la claque à un camarade, est plus pernicieuse au talent sur les planches que sur toutes les autres scènes de la vie. Le théâtre est l'oeuvre collective par excellence. Celui qui a froid y gèle son voisin, et la contagion se communique avec une désespérante promptitude à tous les autres. On veut se persuader ici-bas que le mauvais fait ressortir le bon. On se trompe, le bon deviendrait le parfait, le beau deviendrait le sublime, l'émotion deviendrait la passion, si, au lieu d'être isolé, l'acteur d'élite était secondé et chauffé par son entourage. A ce propos, mes enfants, encore un mot, le dernier, avant de nous remettre à l'oeuvre! Dans les commencements, nous jouions trop longuement: maintenant que nous tenons la forme et que le développement ne nous emporte plus, nous tombons dans le défaut contraire: nous jouons trop vite. Cela vient de ce que chacun, sûr de son propre fait, coupe la parole à son interlocuteur pour placer la sienne. Gardez-vous de la personnalité jalouse et pressée de se montrer! Gardez-vous-en comme de la peste! On ne s'éclaire qu'en s'écoutant les uns les autres. Laissez même un peu divaguer la réplique, si bon lui semble: ce sera une occasion de vous impatienter tout de bon quand elle entravera l'action qui vous passionne. Dans la vie réelle, un ami nous fatigue de ses distractions, un valet nous irrite par son bavardage, une femme nous désespère par son obstination ou ses détours. Eh bien, cela sert au lieu de nuire, sur la scène que nous avons créée. C'est de la réalité, et l'art n'a qu'à conclure. D'ailleurs, quand vous vous interrompez les uns les autres, vous risquez d'écourter une bonne réflexion qui vous en eût inspiré une meilleure: vous faites envoler une pensée qui eût éveillé en vous mille pensées. Vous vous nuisez donc à vous-même. Souvenez-vous du principe: «Pour que chacun soit bon et vrai, il faut que tous le soient, et le succès qu'on ôte à un rôle, on l'ôte au sien propre. Cela paraîtrait un effroyable paradoxe hors de cette enceinte; mais vous en reconnaîtrez la justesse, à mesure que vous vous formerez à l'école de la vérité. D'ailleurs, quand ce ne serait que de la bienveillance et de l'affection mutuelle, il faut être frères dans l'art, comme vous l'êtes par le sang; l'inspiration ne peut être que le résultat de la santé morale, elle ne descend que dans les âmes généreuses, et un méchant camarade est un méchant acteur, quoi qu'on en dise!»

La pièce marcha à souhait jusqu'à la dernière scène, celle où je reparus en statue pour m'abîmer finalement dans une trappe avec don Juan. Mais, quand nous fûmes sous le théâtre, Célio, dont je tenais encore la main dans ma main de pierre, me dit en se dégageant et en passant du fantastique à la réalité, sans transition:--Pardieu! que le diable vous emporte! vous m'avez fait manquer la partie culminante du drame; j'ai été plus froid que la statue, quand je devais être terrifié et terrifiant. Boccaferri ne comprendra pas pourquoi j'ai été aussi mauvais ce soir que sur le théâtre impérial de Vienne. Mais moi, je vais vous le dire. Vous regardez trop la Boccaferri, et cela me fait mal. Don Juan jaloux, c'est impossible; cela fait penser qu'il peut être amoureux, et cela n'est point compatible avec le rôle que j'ai joué ce soir ici et jusqu'à présent dans la vie réelle.

--Où voulez-vous en venir, Célio? répondis-je. Est-ce une querelle, un défi, une déclaration de guerre? Parlez, je fais appel à la vertu qui m'a fait votre ami presque sans vous connaître, à votre franchise!

--Non, dit-il, ce n'est rien de tout cela. Si j'écoutais mon instinct, je vous tordrais le cou dans cette cave. Mais je sens que je serais odieux et ridicule de vous haïr, et je veux sincèrement et loyalement vous accepter pour rival et pour ami quand même. C'est moi qui vous ai attiré ici de mon propre mouvement et sans consulter personne. Je confesse que je vous croyais au mieux avec la duchesse de N..., car j'étais à Turin, il y a trois jours, avec Cécilia. Personne, dans ce village et dans la ville de Turin, n'a su notre voyage. Mais nous, dans les vingt-quatre heures que nous avons été près de vous sans pouvoir aller vous serrer la main, nous avons appris, malgré nous, bien des choses. Je vous ai cru retombé dans les filets de Cirée; je vous ai plaint sincèrement, et, comme nous passions devant votre logement pour sortir de la ville, à cinq heures du matin, Cécilia vous a chanté quelques phrases de Mozart en guise d'éternel adieu. Malheureusement elle a choisi un air et des paroles qui ressemblaient à un appel plus qu'à une formulé d'abandon, et cela m'a mis en colère. Puis, je me suis rassuré en la voyant aussi calme que si votre infidélité lui était la chose du monde la plus indifférente; et, comme je vous aime, au fond, j'étais triste en pensant à la femme qui remplaçait Cécilia dans votre volage coeur. Voyons, dites, qui aimez-vous et où allez-vous? Ne couriez-vous pas après la duchesse en passant par le village des Désertes? Est-elle cachée dans quelque château voisin? Comment le hasard aurait-il pu vous amener dans cette vallée, qui n'est sur la route de rien? Si vous ne volez; pas à un rendez-vous donné par cette femme, il est évident pour moi que vous êtes venu ici pour l'autre, que vous avez réussi à connaître sa retraite et sa nouvelle situation, si bien cachée depuis qu'elle en jouit. C'est donc à vous d'être sincère, monsieur Salentini. De qui êtes-vous ou n'êtes-vous pas amoureux, et vis-à-vis de qui prétendez-vous vous conduire en Ottavio ou en don Giovanni?

Je répondis en racontant succinctement toute la vérité; je ne cachai point que le vedrai carino chanté par Cécilia, sous ma fenêtre, m'avait sauvé des griffes de la duchesse, et j'ajoutai pour conclure:--J'ai été sur le point d'oublier Cécilia, j'en conviens, et j'ai tant souffert dans cette lutte, que je croyais n'y plus songer. Je m'attendais si peu à vous revoir aujourd'hui, et l'existence fantastique où vous me jetez tout d'un coup est si nouvelle pour moi, que je ne puis vous rien dire, sinon que vous, devenu naïf et amoureux, elle, devenus expansive et brillante, son père, devenu sobre et lucide d'intelligence, votre château mystérieux, vos deux charmantes soeurs, ces figures inconnues qui m'apparaissent comme dans un rêve, cette vie d'artiste-grand-seigneur que vous vous êtes créée si vite dans un nid de vautours et de revenants, tandis que le vent siffle et que la neige tombe au dehors, tout cela me donne le vertige. J'étais enivré, j'étais heureux tout à l'heure, je ne touchais plus à la terre; vous me rejetez dans la réalité, et vous voulez que je me résume. Je ne le puis. Donnez-moi jusqu'à demain matin pour vous répondre. Puisque nous ne pouvons ni ne voulons nous tromper l'un l'autre, je ne sais pas pourquoi nous ne resterions pas amis jusqu'à demain matin.

--Tu as raison, répondit Célio, et si nous ne restons pas amis toute la vie, j'en aurai un mortel regret. Nous causerons demain au jour. La nuit est faite ici pour le délire.... Mais pourtant écoute un dernier mot de réalité que je ne peux différer. Mes charmantes soeurs, dis-tu, t'apparaissent comme dans un rêve? Méfie-toi de ce rêve! il y a une de mes soeurs dont tu ne doit jamais devenir amoureux.

--Elle est mariée?

--Non: c'est plus grave encore. Réponds à une question qui ne souffre pas d'ambages. Sais-tu le nom de ton père? Je puis te demander cela, moi qui n'ai su que fort tard le nom du mien.

--Oui, je sais le nom de mon père, répondis-je.
--Et peux-tu le dire?
--Oui; c'est seulement le nom de ma mère que je dois cacher.
--C'est le contraire de moi. Donc ton père s'appelait?
--Tealdo Soavi. Il était chanteur au théâtre de Naples. Il est mort jeune.
--C'est ce qu'on m'avait dit. Je voulais en être certain. Eh bien, ami, regarde la petite Béatrice avec les yeux d'un frère, car elle est ta soeur. Pas de questions là-dessus. Elle seule dans la famille a ce lien mystérieux avec toi, et il ne faut pas qu'elle le sache. Pour nous, notre mère est sacrée, et toutes ses actions ont été saintes. Nous sommes ses enfants, nous portons son glorieux nom, il suffit à notre orgueil; mais, quoi qu'il ait pu m'en coûter, je devait t'avertir, afin qu'il n'y eût pas ici de méprise. Quelquefois le sentiment le plus pur est un inceste de coeur, qu'il ne faut pas couver par ignorance. Cette chaste enfant est disposée à la coquetterie, et peut-être un jour sera-t-elle passionnée par réaction. Sois sévère, sois désobligeant avec elle au besoin, afin que nous ne soyons pas forcés de lui dire ce que vous êtes l'un à l'autre. Tu le vois, Adorno, j'avais bien quelque raison pour m'intéresser à toi, et en même temps pour te surveiller un peu; car ce lien direct de ma soeur avec toi établit entre nous un lien indirect. Je serais bien malheureux d'avoir à te haïr!
--Eh bien, eh bien, nous cria Béatrice en rouvrant la trappe, êtes-vous morts tout de bon là-dessous? D'où vient que vous ne remontez pas? On vous attend pour souper.

La belle tête de cette enfant fit tressaillir mon coeur d'une émotion profonde. Je compris pourquoi je l'avais aimée à la première vue, et, quand je me demandai à qui elle ressemblait, je trouvai que ce devait être à moi. Elle-même, par la suite, en fit un jour très-naïvement la remarque.

J'étais donc, moi aussi, un peu de la famille, et cela me mit à l'aise. Quoi qu'on en dise, il n'y a rien d'aussi poétique et d'aussi émouvant que ces découvertes de parenté que couvre le mystère; elles ont presque le charme de l'amour.

Nous passâmes dans la salle à manger, comme l'horloge du château sonnait minuit. Le règlement portait qu'on souperait en costume. Il faisait assez chaud dans les appartements pour que mon armure de carton ne compromît pas ma santé, et, quand on vit l'uomo di sasso s'asseoir pour manger cibo mortale entre don Juan et Leporello, il se fit une grande gaieté, qui conserva pourtant une certaine nuance de fantastique dans les imaginations même après que j'eus posé mon masque en guise de couvercle sur un pâté de faisans.

On mangea vite et joyeusement; puis, comme Boccaferri commençait à causer, Cécilia et Célio voulurent envoyer coucher les enfants; mais Béatrice et Benjamin résistèrent à cet avis. Ils ouvraient de grands yeux pour prouver qu'ils n'avaient point envie de dormir, et prétendaient être aussi robustes que les grandes personnes pour veiller.--Ne les contrarie pas, dit Cécilia à Célio; dans un quart d'heure, ils vont demander grâce.

En effet, Boccaferri que je voyais avec admiration, mettre beaucoup d'eau dans son vin, entama l'examen de la pièce que nous venions de jouer, et la belle tête blonde de Béatrice se pencha sur l'épaule de Stella, pendant que, à l'autre bout de la table, Benjamin commençait à regarder son assiette avec une fixité non équivoque. Célio, qui était fort comme un athlète, prit sa soeur dans ses bras et l'emporta comme un petit enfant; Stella secouait son jeune frère pour l'emmener. Je pris un flambeau pour diriger leur marche dans les grandes galeries du château, et, tandis que Stella prenait ma bougie pour aller allumer celle de Benjamin, Célio me dit tout bas, en me montrant Béatrice, qu'il avait déposée sur son lit: «Elle dort comme un loir. Embrasse-la dans ces ténèbres, ta petite soeur que tu ne dois peut-être jamais embrasser une seconde fois.» Je déposai un baiser presque paternel sur le front pur de Béatrice, qui me répondit, sans me reconnaître: Bonsoir, Célio! puis, elle ajouta, sans ouvrir les yeux et avec un malin sourire: «Tu diras à M. Salentini de ne pas faire de bruit pendant le souper, crainte de réveiller M. le marquis de Balma!»

Stella était revenue avec la lumière. Nous mîmes sa jeune soeur entre ses mains pour la déshabiller, puis nous allâmes nous remettre à table. Stella revint bientôt aussi, rapportant ce délicieux costume andalous de Zerlina qui devait être serré et caché dans le magasin de costumes.

--Le mystère dont nous réussissons à nous entourer, me dit Cécilia, donne un nouvel attrait à nos études et à nos fêtes nocturnes. J'espère que vous ne le trahirez pas, et que vous laisserez les gens du village croire que nous allons au sabbat toutes les nuits.

Je lui racontai les commentaires de mon hôtesse et l'histoire du petit soulier.--Oh! c'est vrai, dit Stella; c'est la faute de Béatrice, qui ne veut aller se coucher que quand elle dort debout. Cette nuit-là, elle était si lasse, qu'elle a dormi avec un pied chaussé comme une vraie petite sorcière. Nous ne nous en sommes aperçus que le lendemain.

--Ça, mes enfants, dit Boccaferri, ne perdons pas de temps à d'inutiles paroles. Que jouons-nous demain?

--Je demande encore Don Juan pour prendre ma revanche, dit Célio; car j'ai été distrait ce soir et j'ai fait un progrès à reculons.

--C'est vrai, répondit Boccaferri: à demain donc Don Juan, pour la troisième fois! Je commence à craindre, Célio, que tu ne sois pas assez méchant pour ce rôle tel que tu l'as conçu dans le principe. Je te conseille donc, si tu le sens autrement (et le sentiment intime d'un acteur intelligent est la meilleure critique du rôle qu'il essaie), de lui donner d'autres nuances. Celui de Molière est un marquis, celui de Mozart un démon, celui d'Hoffmann un ange déchu. Pourquoi ne le pousserais-tu pas dans ce dernier sens? Remarque que ce n'est point une pure rêverie du poète allemand, cela est indiqué dans Molière, qui a conçu ce marquis dans d'aussi grandes proportions que le Misanthrope et Tartufe. Moi, je n'aime pas que Don Juan ne soit que le dissoluto castigato, comme on l'annonce, par respect pour les moeurs, sur les affiches de spectacle de la Fenice. Fais-en un héros corrompu, un grand coeur éteint par le vice, une flamme mourante qui essaie en vain, par moments, de jeter une dernière lueur. Ne te gêne pas, mon enfant, nous sommes ici pour interpréter plutôt que pour traduire.

Don Juan est un chef-d'oeuvre, ajouta Boccaferri en allumant un bon cigare de la Havane (sa vielle pipe noire avait disparu), mais c'est un chef-d'oeuvre en plusieurs versions. Mozart seul en a fait un chef-d'oeuvre complet et sans tache; mais, si nous n'examinons que le côté littéraire, nous verrons que Molière n'a pas donné à son drame le mouvement et la passion qu'on trouve dans le libretto de notre opéra. D'un autre côté, ce libretto est écrit en style de libretto, c'est tout dire, et le style de Molière est admirable. Puis, l'opéra ne souffre pas les développements de caractère, et le drame français y excelle. Mais il manquera toujours à l'oeuvre de Molière la scène de dona Anna et le meurtre du Commandeur, ce terrible épisode oui ouvre si violemment et si franchement l'opéra; le bal où Zerlina est arrachée des mains du séducteur est aussi très-dramatique; donc le drame manque un peu chez Molière. Il faudrait refondre entièrement ces deux sujets l'un dans l'autre; mais, pour cela, il faudrait retrancher et ajouter à Molière. Qui l'oserait et qui le pourrait? Nous seuls sommes assez fous et assez hardis pour le tenter. Ce qui nous excuse, c'est que nous voulons de l'action à tout prix et retrouver ici, à huis clos, les parties importantes de l'opéra que vous chanterez un jour en public. Et puis, de douze acteurs, nous n'en avons que six! Il faut donc faire des tours de force.

Essayons demain autre chose. Que M. Salentini fasse Ottavio, et que ma fille crée cette fâcheuse Elvire, toujours furieuse et toujours mystifiée, que nous avions fondue dans l'unique personnage d'Anna. Il faut voir ce que Cécilia pourra faire de cette jalouse. Courage, ma fille! Plus c'est difficile et déplaisant, plus ce sera glorieux!

--Eh bien, puisque nous changeons de rôle, dit Célio, je demande à être Ottavio. Je me sens dans une veine de tendresse, et don Juan me sort par les yeux.

--Mais qui fera don Juan? dit Boccaferri.

--Vous! mon père, répondit Cecilia. Vous saurez vous rajeunir, et comme vous êtes encore notre maître à tous, cet essai profitera à Célio.

--Mauvaise idée! où trouverais-je la grâce et la beauté? Regarde Célio; il peut mal jouer ce rôle: cette tournure, ce jarret, cette fausse moustache blonde qui va si bien à ses yeux noirs, ce grand oeil un peu cerné, mais si jeune encore, tout cela entretient l'illusion; au lieu qu'avec moi, vieillard, vous serez tous froids et déroulés.

--Non! dit Célio, don Juan pouvait fort bien avoir quarante cinq ans, et tu ne paraissais pas aujourd'hui un Leporello plus âgé que cela. Je crois que je me suis fait trop jeune pour être un si profond scélérat et un roué si célèbre. Essaie, nous t'en prions tous.

--Comme vous voudrez, mes enfants et toi, Cécilia, tu seras Elvire?

--Je serai tout ce qu'on voudra pour que la pièce marche. Mais M. Salentini?

--Toujours statue à votre service.

--C'est un seul rôle, dit Boccaferri; les rôles courts doivent nécessairement cumuler. Vous essaierez d'être Masetto, et le Benjamin, qui a beaucoup de comique, se lancera dans Leporello Pourquoi non? On le vieillira, et les grandes difficultés font les grands progrès.

--Il est donc convenu que je reviens ici demain soir? demandai-je en faisant de l'oeil le tour de la table.

--Mais oui, si personne ne vous attend ailleurs? dît Cécilia en me tendant la main avec une bienveillance tranquille, qui n'était pas faite pour me rendre fier.

--Vous reviendrez demain matin habiter le château des Désertes! s'écria Boccaferri. Je le veux vous êtes un acteur très-utile et très-distingué par nature. Je vous tiens, je ne vous lâche pas. Et puis, nous nous occuperons de peinture, vous verrez! La peinture en décors est la grande école de relief, de profondeur et de la lumière que les peintres d'histoire et de paysage dédaignent, faute de la connaître, et faute aussi de la voir bien employée. J'ai mes idées aussi là-dessus, et vous verrez que vous n'aurez pas perdu voire temps à écouter le vieux Boccaferri. Et puis nos costumes et nos groupes vous inspireront des sujets; il y a ici tout ce qu'il faut pour faire de la peinture, et des ateliers à choisir.

--Laissez-moi songer à cela cette nuit, dis-je en regardant Célio, et je vous répondrai demain matin.

--Je vous attends donc demain à déjeuner, ou plutôt je vous garde ici sur l'heure.

--Non, dis-je, je demeure chez un brave homme qui ne se coucherait pas cette nuit s'il ne tue voyait pas rentrer. Il croirait que je suis tombé dans quelque précipice, ou que les diables du château m'ont dévoré.

Ceci convenu, nous nous séparâmes. Célio m'aide à reprendre mes habits et voulut me reconduire jusqu'a mi-chemin de ma demeure; mais il me parla à peine, et quand il me quitta, il me serra la main tristement. Je le vis s'en retourner sur la neige, avec ses bottes de cule jaune, son manteau de velours, sa grande rapière au côté et sa grande plume agitée par la bise. Il n'y avait rien d'étrange comme de voir ce personnage du temps passé traverser la campagne au clair de la lune, et de penser que ce héros de théâtre était plongé dans les rêveries et les émotions du monde réel.

XII.
L'HÉRITIÈRE.

Je trouvai en effet mes hôtes fort effrayés de ma disparition. Le bon Volabù m'avait cherché dans la campagne et se disposait à y retourner. Je sentis que ces pauvres gens étaient déjà de vrais amis pour moi. Je leur dis que le hasard m'avait fait rencontrer un des habitants du château en qui j'avais retrouvé une ancienne connaissance. La mère Peirecote, apprenant que j'avais fait la veillée au château, m'accabla de questions, et parut fort désappointée quand je lui répondis que je n'avais vu là rien d'extraordinaire.

Le lendemain, à neuf heures, je me rendis au château en prévenant mes hôtes que j'y passerais peut-être quelques jours et qu'ils n'eussent pas à s'inquiéter de moi. Célio venait à ma rencontre.--Tu as bien dormi! me dit-il en me regardant, comme on dit, dans le blanc des yeux.

--Je l'avoue, répondis-je, et c'est la première fois depuis longtemps. J'ai éprouvé un merveilleux bien-être, comme si j'étais arrivé au vrai but de mon existence, heureux ou misérable. Si je dois être heureux par vous tous qui êtes ici, ou souffrir de la part de plusieurs, il n'importe. Je me sens des forces nouvelles pour la joie comme pour la douleur.

--Ainsi, tu l'aimes?

--Oui, Célio, et toi?

--Eh bien, moi je ne puis répondre aussi nettement. Je crois l'aimer et je n'en suis pas assez certain pour le dire à une femme que je respecte par-dessus tout, que je crains même un peu. Ainsi je me vois supplanté d'avance! La foi triomphe aisément de l'incertitude.

--Pour peu qu'elle soit femme, repris-je, ce sera peut-être le contraire. Une conquête assurée a moins d'attraits pour ce sexe qu'une conquête à faire. Donc, nous restons amis?

--Croyez-vous?

--Je vous le demande? Mais il me semble que nos rôles sont assez naturellement indiqués, Si je vous trouvais véritablement épris et tant soit peu payé de retour, je me retirerais. Je ne sais ce que c'est que de se comporter comme un larron avec le premier venu de ses semblables, à plus forte raison avec un homme qui se confie à votre loyauté; mais vous n'en êtes pas là, et la partie est égale pour nous deux.

--Que savez-vous si je n'ai pas de l'espérance?

--Si vous étiez aimé d'une telle femme, Célio, je vous estime assez pour croire que vous ne me souffririez pas ici, et vous savez qu'il ne me faudrait qu'une pareille confidence de votre part pour m'en éloigner à jamais; mais, comme je vois fort bien que vous n'avez qu'une velléité, et que je crois mademoiselle Boccaferri trop fière pour s'en contenter, je reste.

--Restez donc, mais je vous avertis que je jouerai aussi serré que vous.

--Je ne comprends pas cette expression. Si vous aimez, vous n'avez qu'à le dire ainsi que moi, elle choisira. Si vous n'aimez pas, je ne vois pas quel jeu vous pouvez jouer avec une femme que vous respectez.

--Tu as raison. Je suis un fou. J'ai même peur d'être un sot. Allons! restons amis. Je t'aime, bien que je me sente un peu mortifié de trouver en toi mon égal pour la franchise et la résolution. Je ne suis guère habitué à cela. Dans le monde où j'ai vécu jusqu'ici, presque tous les hommes sont perfides, insolents ou couards sur le terrain de la galanterie. Fais donc la cour à Cécilia;

moi, je verrai venir. Nous ne nous engageons qu'à une chose: c'est à nous tenir l'un l'autre au courant du résultat de nos tentatives pour épargner à celui qui échouera un rôle ridicule. Puisque nous visons tous deux au mariage, à la chose la plus honnête et la plus officielle du monde, l'honneur de la dame n'exige pas que nous nous fassions mystère de son choix. Quant aux lâches petits moyens usités en pareil cas par les plus honnêtes gens, la délation, la calomnie, la raillerie, ou tout au moins la malveillance à l'égard d'un rival qu'on veut supplanter, je n'en fais pas mention dans notre traité. Ce serait nous faire une mutuelle injure.

Je souscrivis à tout ce que proposait Célio sans regarder en avant ni en arrière, et sans même prévoir que l'exécution d'un pareil contrat soulèverait peut-être de terribles difficultés.

--Maintenant, me dit-il en me faisant entrer dans la cour du château, qui était vaste et superbe, il faut que je commence par te conduire chez notre marquis.... Puis il ajouta en riant: car ce n'est pas sérieusement que tu as demandé, hier au soir, chez qui nous étions ici?

--Si j'ai fait une sotte question, répondis-je, c'est de la meilleure foi du monde. J'étais trop bouleversé et trop enivré de me retrouver au milieu de vous pour m'inquiéter d'autre chose, et je ne me suis pas même tourmenté, en venant ici, de l'idée que je pourrais être indiscret ou mal venu à me présenter chez un personnage que je ne connais pas. A la vie que vous menez chez lui, je ne m'attendais même pas à le voir aujourd'hui. Sous quel titre et sous quel prétexte vas-tu donc me présenter?

--Oh! mais tu es fort amusant, répondit Célio en me faisant monter l'escalier en spirale et garni de tapis d'une grande tour. Voilà une mystification que nous pourrions prolonger longtemps; mais tu t'y jettes de trop bonne foi, et je ne veux pas en abuser.

En parlant ainsi, il ouvrit la double porte d'une salle ronde qui servait de cabinet de travail au marquis, et il cria très-haut:--Eh! mon cher marquis de Balma, voici Adorno Salentini qui persiste à vous prendre pour un mythe, et qui ne veut être désabusé que par vous-même.

Le marquis, sortant du paravent qui enveloppait son bureau,

vint à ma rencontre en me tendant les deux mains, et j'éclatai de rire en reconnaissant ma simplicité.

«Les enfants pensaient, dit-il, que c'était un jeu de votre part; mais, moi, je voyais bien que vous ne pouviez croire à l'identité du vieux malheureux Boccaferri de Vienne et du facétieux Leporello de cette nuit avec le marquis de Balma. Cela s'explique en quatre mots: j'ai eu des écarts de jeunesse. Au lieu de les réparer et de me ramener ainsi à la raison, mon père m'a banni et déshérité. Mes prénoms sont Pierre-Anselme Boccadiferro. Ce nom de Bouche de fer est dans ma famille le partage de tous les cadets, comme celui de Crisostomo, Bouche d'or, est celui de tous les aînés. Je pris pour tout titre mon nom de baptême en le modifiant un peu, et je vécus, comme vous savez, errant et malheureux dans toutes mes entreprises. Ce n'était ni le courage ni l'intelligence qui me manquaient pour me tirer d'affaire; mais j'étais un homme à illusions comme tous les hommes à idées. Je ne tenais pas assez compte des obstacles. Tout s'écroulait sur moi, au moment où, plein de génie et de fierté, j'apportais la clé de voûte à mon édifice. Alors, criblé de dettes, poursuivi, forcé de fuir, j'allais cacher ailleurs la honte et le désespoir de ma défaite; mais, comme je ne suis pas homme à me décourager, je cherchais dans le vin une force factice, et quand un certain temps consacré à l'ivresse, à l'ivrognerie, si vous voulez, m'avait réchauffé le coeur et l'esprit, j'entreprenais autre chose. On m'a donc qualifié très-généreusement en mille endroits de canaille et d'abruti, sans se douter le moins du monde que je fusse par goût l'homme le plus sobre qui existât. Pour tomber dans cette disgrâce de l'opinion, il suffit de trois choses: être pauvre, avoir du chagrin, et rencontrer un de ses créanciers le jour où l'on sort du cabaret.

«J'étais trop fier pour rien demander à mon frère aîné, après avoir essuyé son premier refus. Je fus assez généreux pour ne pas le faire rougir en reprenant mon nom et en parlant de lui et de son avarice. J'oubliai même avec un certain plaisir que j'étais un patricien pour m'affermir dans la vie d'artiste, pour laquelle j'étais né. Deux anges m'assistèrent sans cesse et me consolèrent de tout, la mère de Célio et ma fille. Honneur à ce sexe! il vaut mieux que nous par le coeur.

«J'étais à Vienne avec la Cécilia, il y a deux mois, lorsque je reçus une lettre qui me fit partir à l'heure même. J'avais conservé en secret des relations affectueuses avec un avocat de Briançon qui faisait les affaires de mon frère. Dans cette lettre, il me donnait avis de l'état désespéré où se trouvait mon aîné. Il savait qu'il n'existait pas de titre qui pût me déshériter. Il m'appelait chez lui, où il me donna l'hospitalité jusqu'à la mort du marquis, laquelle eut lieu deux jours après sans qu'une parole d'affection et de souvenir pour moi sortît de ses lèvres. Il n'avait qu'une idée fixe, la peur de la mort. Ce qui adviendrait après lui ne l'occupait point.

«Dès que je me vis en possession de mon titre et de mes biens, grâce aux conseils de mon digne ami, l'avocat de Briançon, je me tins coi, je fis le mort; je ne révélai à personne ma nouvelle situation, et je restai enfermé, quasi caché dans mon château, sans faire savoir sous quel nom j'avais été connu ailleurs. Je continuerai à agir ainsi jusqu'à ce que j'aie payé toutes les dettes que j'ai contractées durant cinquante années de ma vie; alors en même temps qu'on dira: «Cette vieille brute de Boccaferri est devenu marquis et quatre fois millionnaire,» on pourra dire aussi: «Après tout, ce n'était pas un malhonnête homme; car il n'a fait banqueroute à personne, pas même à ses amis.»

«J'avoue que je n'avais jamais perdu l'espoir de recouvrer ma liberté et mon honneur en m'acquittant de la sorte. Je ne comptais pas sur l'héritage de mon frère. Il me haïssait tant que j'aurais juré qu'il avait trouvé un moyen de me dépouiller après sa mort; mais moi, toujours artiste et toujours poète, je n'avais pas cessé de me flatter que le succès couronnerait enfin mes entreprises. Aussi je n'avais jamais fait une dette ni une banqueroute sans en consigner le chiffre et sans en conserver le détail et les circonstances. Dans les dernières années, comme j'étais de plus en plus malheureux, je buvais davantage et j'aurais bien pu perdre ou embrouiller toutes ces notes, si ma fille ne les eût rangées et tenues avec soin.

«Aussi maintenant sommes-nous à même de nous réhabiliter. Nous consacrons à ce travail, ma fille et moi, une heure tous les jours, avant le déjeuner. Tandis que notre avocat de Briançon vend une partie de nos immeubles et prépare la liquidation générale, nous tenons la correspondance au nom de Boccaferri, et, dans toutes les contrées où nous avons vécu, nous cherchons nos créanciers. Il y en a peu qui ne répondent à notre appel. Ceux qui m'ont obligé avec la pensée de le faire gratuitement sont remboursés aussi malgré eux. Dans un mois, je crois que nous aurons terminé ce fastidieux travail et que notre tâche sera accomplie. C'est alors seulement qu'on saura la vérité sur mon compte. Il nous restera encore une fortune très-considérable, et dont j'espère que nous ferons bon usage. Si j'écoutais mon penchant, je donnerais à pleines mains, sans trop savoir à qui; mais j'ai trop fréquenté les paresseux et les débauchés, j'ai eu trop affaire aux escrocs de toute espèce pour ne pas savoir un peu distinguer. Je dois mon aide aux mauvaises têtes, mais non aux mauvais coeurs.

«D'ailleurs, ma fille a pris la gouverne de ma fortune, et, pour ne plus faire de folies, je lui ai tout abandonné. Elle fera aussi des folies généreuses, mais elle n'en fera pas de sottes et de nuisibles. Tenez, ajouta-t-il en tirant deux ailes du paravent qui nous cachait la moitié de la table, voyez: voici la femme de coeur et de conscience entre toutes! Rien ne la rebute, et cette âme d'artiste sait s'astreindre au métier de teneur de livres pour sauver l'honneur de son père!»

Nous vîmes la Cécilia penchée sur le bureau, écrivant, rangeant, cachetant et pliant avec rapidité, sans se laisser distraire par ce qu'elle entendait. Elle était pâle de fatigue, car cette double vie d'artiste et d'administrateur devait briser ce corps frêle et généreux; mais elle était calme et noble, comme une vraie châtelaine, dans sa robe de soie verte. Je m'aperçus qu'elle avait coupé tout de bon ses longs cheveux noirs. Elle avait fait gaiement ce sacrifice pour pouvoir jouer les rôles d'homme, et cette chevelure, bouclée sur le cou et autour du visage, lui donnait quelque chose d'un jeune apprenti artiste de la renaissance; elle avait trop de mélancolie dans l'habitude de la physionomie pour rappeler le page espiègle ou le seigneur enfant du manoir. L'intelligence et la fierté régnaient sur ce front pur, tandis que le regard modeste et doux semblait vouloir abdiquer tous les droits du génie et tous les rêves de la gloire.

Elle sourit à Célio, me tendit la main, et referma le paravent pour achever sa besogne.

«Vous voilà donc dans notre secret, reprit le marquis. Je ne puis le placer en de meilleures mains; je n'ai pas voulu attendre un seul jour pour en faire part à Célio et aux autres enfants de la Floriani. J'ai dû tant à leur mère! mais ce n'est pas avec de l'argent seulement que je puis m'acquitter envers celle qui ne m'a pas secouru seulement avec de l'argent; elle m'a aidé et soutenu avec son coeur, et mon coeur appartient à ce qui survit d'elle, à ces nobles et beaux enfants qui sont désormais les miens. La Floriani n'avait laissé qu'une fortune aisée. Entre quatre enfants, ce n'était pas un grand développement d'existence pour chacun. Puisque la Providence m'en fournit les moyens, je veux qu'ils aient les coudées plus franches dans la vie, et je les ai tout de suite appelés à moi pour qu'ils ne me quittent que le jour où ils seront assez forts pour se lancer sur la grande scène de la vie comme artistes; car c'est la plus haute des destinées, et, quelle que soit la partie que chacun d'eux choisira, ils auront étudié la synthèse de l'art dans tous ses détails auprès de moi.

«Passez-moi cette vanité; elle est innocente de la part d'un homme qui n'a réussi à rien et qui n'a pas échoué à demi dans ses tentatives personnelles. Je crois qu'à force de réflexions et d'expériences je suis arrivé à tenir dans mes mains la source du beau et du vrai. Je ne me fais point illusion; je ne suis bon que pour le conseil. Je ne suis pas cependant un professeur de profession. J'ai la certitude qu'on ne fait rien avec rien, et que l'enseignement n'est utile qu'aux êtres richement doués par la nature. J'ai le bonheur de n'avoir ici que des élèves de génie, qui pourraient fort bien se passer de moi; mais je sais que je leur abrégerai des lenteurs, que je les préserverai de certains écarts, et que j'adoucirai les supplices que l'intelligence leur prépare. Je manie déjà l'âme de Stella, je tâte plus délicatement Salvator et Béatrice, et, quant à Célio, qu'il réponde si je ne lui ai pas fait découvrir en lui-même des ressources qu'il ignorait.

—Oui, c'est la vérité, dit Célio, tu m'as appris à me connaître. Tu m'as rendu l'orgueil en me guérissant de la vanité. Il me semble que, chaque jour, ta fille et toi vous faites de moi un autre homme. Je me croyais envieux, brutal, vindicatif, impitoyable: j'allais devenir méchant parce que j'aspirais a l'être; mais vous m'avez guéri de cette dangereuse folie, vous m'avez fait mettre la main sur mon propre coeur. Je ne l'eusse pas fait en vue de la morale, je l'ai fait en vue de l'art, et j'ai découvert que c'est de là (et en parlant ainsi Célio frappa sa poitrine) que doit sortir le talent.

J'étais vivement ému; j'écoutais Célio avec attendrissement; je regardais le marquis de Balma avec admiration. C'était un autre homme que celui que j'avais connu; ses traits même étaient changés. Était-ce là ce vieux ivrogne trébuchant dans les escaliers du théâtre, accostant les gens pour les assommer de ses théories vagues et prolixes, assaisonnées d'une insupportable odeur de rhum et de tabac? Je voyais en face de moi un homme bien conservé, droit, propre, d'une belle et noble figure, l'oeil étincelant de génie, la barbe bien faite, la main blanche et soignée. Avec son linge magnifique et sa robe de chambre de velours doublée de martre, il me faisait l'effet d'un prince donnant audience à ses amis, ou, mieux que cela, de Voltaire à Ferney; mais non, c'était mieux encore que Voltaire, car il avait le sourire paternel et le coeur plein de tendresse et de naïveté. Tant il est vrai que le bonheur est nécessaire à l'homme, que la misère dégrade l'artiste, et qu'il faut un miracle pour qu'il n'y perde pas la conscience de sa propre dignité!

--Maintenant, mes amis, nous dit le marquis de Balma, allez voir si les autres enfants sont prêts pour déjeuner; j'ai encore une lettre à terminer avec ma fille, et nous irons vous rejoindre. Vous me promettez maintenant, monsieur Salentini, de passer au moins quelques jours chez moi.

J'acceptai avec joie; mais je ne fus pas plus tôt sorti de son cabinet que je fis un douloureux retour sur moi-même. Je crois que je suis fou tout de bon depuis que j'ai mis les pieds ici, dis-je à Célio en l'arrêtant dans une galerie ornée de portraits de famille. Tout le temps que le marquis me racontait son histoire et m'expliquait sa position, je ne songeais qu'à me réjouir de voir la fortune récompenser son mérite et celui de sa fille. Je ne pensais pas que ce changement dans leur existence me portait un coup terrible et sans remède.

--Comment cela? dit Célio d'un air étonné.

--Tu me le demandes, répondis-je. Tu ne vois pas que j'aimais la Boccaferri, cette pauvre cantatrice à trois ou quatre mille francs d'appointements par saison, et qu'il m'était bien permis, à moi qui gagne beaucoup plus, de songer à en faire ma femme, tandis que maintenant je ne pourrais aspirer à la main de mademoiselle de Balma, héritière de plusieurs millions, sans être ridicule en réalité et en apparence méprisable?

--Je serais donc méprisable, moi, d'y aspirer aussi? dit Célio en haussant les épaules.

--Non, lui répondis-je après un instant de réflexion. Bien que tu ne sois pas plus riche que moi, je pense, ta mère a tant fait pour le pauvre Boccaferri, que le riche Balma peut et doit se considérer toujours comme ton obligé. Et puis le nom de la mère est une gloire; Cécilia a voué un culte à ce grand nom. Tu as donc mille raisons pour te présenter sans honte et sans crainte. Moi, si je surmontais l'une, je n'en ressentirais pas moins l'autre; ainsi, mon ami, plains-moi beaucoup, console-moi un peu, et ne me regarde plus comme ton rival. Je resterai encore un jour ici pour prouver mon estime, mon respect et mon dévouement; mais je partirai demain et je tâcherai de guérir. Le sentiment de ma fierté et la conscience de mon devoir m'y aideront. Garde-moi le secret sur les confidences que je t'ai faites, et que mademoiselle de Balma ne sache jamais que j'ai élevé mes prétentions jusqu'à elle.

XIII.
STELLA.

Célio allait me répondre lorsque Béatrice, accourant du fond de la galerie, vint se jeter à son cou et folâtrer autour de nous en me demandant avec malice si j'avais été présenté à M. le marquis. Quelques pas plus loin, nous rencontrâmes Stella et Benjamin, qui m'accablèrent des mêmes questions; la cloche du déjeuner sonna à grand bruit, et la belle Hécate, qui était fort nerveuse, accompagna d'un long hurlement ce signal du déjeuner. Le marquis et sa fille vinrent les derniers, sereins et bienveillants comme des gens qui viennent de faire leur devoir. Je vis là combien Cécilia était adorée des jeunes filles et quel respect elle inspirait à toute la famille. Je ne pouvais m'empêcher de la contempler, et même, quand je ne la regardais ou ne l'écoutais pas, je voyais tous ses mouvements, j'entendais toutes ses paroles. Elle agissait et parlait peu cependant; mais elle était attentive à tout ce qui pouvait être utile ou agréable à ses amis. On eût dit qu'elle avait eu toute sa vie deux cent mille livres de rentes, tant elle était aisée et tranquille dans son opulence, et l'on voyait qu'elle ne jouirait de rien pour elle-même, tant elle restait dévouée au moindre besoin, au moindre désir des autres.

On ne parla point de comédie pendant la déjeuner. Pas un mot ne fut dit devant les domestiques qui pût leur faire soupçonner quelque chose à cet égard. Ce n'est pas que de temps en temps Béatrice, qui n'avait autre chose en tête, n'essayât de parler de la précédente et de la prochaine soirée; mais Stella, qui était toujours à ses côtés et qui s'était habituée à être pour elle comme une jeune mère, la tenait en bride. Quand le repas fut terminé, le marquis prit le bras de sa fille et sortit.

--Ils vont, pendant deux heures, s'occuper d'un autre genre d'affaires, me dit Célio. Ils donnent cette partie de la journée aux besoins des gens qui les environnent; ils écoutent les demandes des pauvres, les réclamations des fermiers, les invitations de la commune. Ils voient le curé ou l'adjoint; ils ordonnent des travaux, ils donnent même des consultations à des malades; enfin, ils font leurs devoirs de châtelains avec autant de conscience et de régularité que possible. Stella et Béatrice sont chargées de veiller, à l'intérieur, sur le détail de la maison; moi, ordinairement, je lis ou fais de la musique, et, depuis que mon frère est ici, je lui donne des leçons; mais, pour aujourd'hui, il ira s'exercer tout seul au billard. Je veux causer avec vous.

Il m'emmena dans le jardin, et là, me serrant la main avec effusion:--Ta tristesse me fait mal, dit-il, et je ne saurais la voir plus longtemps. Écoute, mon ami, j'ai eu un mauvais mouvement quand tu m'as dit, il y a une heure, que tu renonçais à Cécilia par délicatesse. J'ai failli te dire que c'était ton devoir et t'encourager à partir: je ne l'ai pas fait; mais, quand même je l'aurais fait, je me rétracterais à cette heure. Tu te montres trop scrupuleux, ou tu ne connais pas encore Cécilia et son père. Ils n'ont pas cessé d'être artistes, je crois même qu'ils le sont plus que jamais depuis qu'ils sont devenus seigneurs. L'alliance d'un talent tel que le tien ne peut donc jamais leur sembler au-dessous de leur condition. Quant à te soupçonner coupable d'ambition et de cupidité, cela est impossible, car ils savent qu'il y a deux mois tu étais amoureux de la pauvre cantatrice à trois mille francs par saison, et que tu aspirais sérieusement à l'épouser, même sans rougir du vieux ivrogne.

--Ils le savent! Tu l'as dit, Célio?

--Je le leur ai dit le jour même où j'en ai reçu de toi la confidence, et ils en avaient été fort touchés.

--Mais ils avaient refusé parce que, ce jour-là même, ils recevaient la nouvelle de leur héritage?

--Non; même en recevant cette nouvelle ils n'avaient pas refusé. Ils avaient dit: Nous verrons! Depuis, quoique je me sentisse ému moi-même, j'ai eu le courage de tenir la parole que je t'avais presque donnée: j'ai reparlé de toi.

--Et qu'a-t-elle dit?

--Elle a dit: «Je suis si reconnaissante de ses bonnes intentions pour moi dans un temps où j'étais pauvre et obscure, que, si j'étais décidée à me marier, je chercherais l'occasion de le voir et de le connaître davantage.» Et puis nous avons été à Turin secrètement ces jours-ci, comme je te l'ai dit, pour les affaires de son père, et pour ramener en même temps notre Benjamin. Là, j'ai étudié avec un peu d'inquiétude l'effet que produisait sur elle la bruit de tes amours avec la duchesse. Elle a été triste un instant, cela est certain. Tu vois, ami, je ne te cache rien. Je lui ai offert d'aller te voir pour t'amener en secret à notre hôtel. J'avais du dépit, elle l'a vu, et elle a refusé, parce qu'elle est bonne pour moi comme un ange, comme une mère; mais elle souffrait, et quand, la nuit suivante, nous avons passé à pied devant ta porte pour aller chercher notre voiture, que nous ne voulions pas faire venir devant l'hôtel, nous avons vu ton voiturin, nous avons reconnu Volabù. Nous l'avons évité, nous ne voulions pas être vus; mais Cécilia a eu une inspiration de femme. Elle a dit à

Benjamin (que cet homme n'avait jamais vu) de s'approcher de lui, et de lui demander si son voiturin était disponible pour Milan.--Je vais à Milan, en effet, répondit-il, mais je ne puis prendre personne.--Qui donc conduisez-vous? dit l'enfant; ne pourrais-je m'arranger avec votre voyageur pour aller avec lui?--Non, c'est un peintre. Il voyage seul.--Comment s'appelle-t-il? peut-être que je le connais?--Ce voiturin a dit ton nom: c'est tout ce que nous voulions savoir. On nous avait dit que la duchesse était retournée à Milan. Cécilia pâlit, sous prétexte qu'elle avait froid; puis, comme j'en faisais l'observation à demi-voix, elle se mit à sourire avec cet air de souveraine mansuétude qui lui est propre. Elle approcha de ta fenêtre en me disant:--Tu vas voir que je vais lui adresser un adieu bien amical et par conséquent bien désintéressé. C'est alors qu'elle chanta ce maudit Vedrai carino qui t'a arraché aux griffes de Satan. Allons, il y a dans tout cela une fatalité! Je crois qu'elle t'aime, bien que ce soit fort difficile à constater chez une personne toujours maîtresse d'elle-même, et si habituée à l'abnégation qu'on peut à peine deviner si elle souffre en se sacrifiant. A l'heure qu'il est, elle ne sait plus rien de toi, et je confesse que je n'ai pas eu le courage de lui dire que tu as renoncé à la duchesse et que tu lui dois ton salut. Je me suis engagé à ne pas te nuire; mais ce serait pousser l'héroïsme au-delà de mes facultés que d'aller faire la cour pour toi. Seulement je te devais la vérité, la voilà tout entière. Reste donc ou parle; attends et espère, ou agis et éclaire-toi. De toute façon, tu es dans ton droit, et personne ne peut te supposer amoureux des millions, puisque, ce matin encore, tu ne voulais pas comprendre que le marquis de Balma était le père Boccaferri.

--Bon et grand Célio, m'écriai-je, comment te remercier! Je ne sais plus que faire. Il me semble que tu aimes Cécilia autant que moi, et que tu es plus digne d'elle. Non, je ne puis lui parler. Je veux qu'elle ait le temps de te connaître et de t'apprécier sous la face nouvelle que ton caractère a prise depuis quelque temps. Il faut qu'elle nous examine, qu'elle nous compare et qu'elle juge. Il m'a semblé parfois qu'elle t'aimait, et peut-être que c'est toi qu'elle aime! Pourquoi nous hâter de savoir notre sort? Qui sait si, à l'heure qu'il est, elle-même n'est pas indécise? Attendons.

--Oui, c'est vrai, dit Célio, nous risquons d'être refusés tous les deux si nous brusquons sa sympathie. Moi, je suis fort gêné aussi, car je n'étais pas amoureux d'elle à Vienne, et l'idée de l'être ne m'est venue que quand j'ai vu ton amour. J'ai un peu peur à présent qu'elle ne me croie influencé par ses millions, car je suis plus exposé que toi à mériter ce soupçon. Je n'ai pas fait mes preuves à temps comme tu les as faites. D'un autre côte, l'adoration qu'elle avait pour ma mère, et qui domine encore toutes ses pensées, est de force et de nature à lui faire sacrifier son amour pour toi dans la crainte de me rendre malheureux. Elle est ainsi faite, cette femme excellente; mais je ne jouirai pas de son sacrifice.

--Ce sacrifice, repris-je, serait prompt et facile aujourd'hui. Si elle m'aime, ce ne peut être encore au point de devenir égoïste. Dans mon intérêt, comme dans le tien, je demande l'aide et le conseil du temps.

--C'est bien dit, répliqua Célio; ajournons. Eh! tiens, prenons une résolution: c'est de ne nous déclarer ni l'un ni l'autre avant de nous être consultés encore; jusque-là, nous n'en reparlerons plus ensemble, car cela me fait un peu de mal.

--Et à moi aussi. Je souscris à cet accord; mais nous ne nous interdisons pas l'un à l'autre de chercher à lui plaire.

--Non, certes, dit-il. Il se mit à fredonner la romance de don Juan; puis peu à peu il arriva à la chanter, à l'étudier tout en marchant à mon côté, et à frapper la terre de son pied avec impatience dans les endroits où il était mécontent de sa voix et de son accent.--Je ne suis pas don Juan, s'écria-t-il en s'interrompant, et c'est pourtant dans ma voix et dans ma destinée de l'être sur les planches. Que diable! je ne suis pas un ténor, je ne peux pas être un amoureux tendre; je ne peux pas chanter Il mio tesoro intante et faire la cadence du Rimini... Il faut que je sois un scélérat puissant ou un honnête homme qui fait fiasco! Va pour la puissance!... Après tout, ajouta-t-il en passant la main sur son front, qui sait si j'aime? Voyons! Il chanta Quando del vino, et il le chanta supérieurement.--Non! non! s'écria-t-il satisfait de lui-même, je ne suis pas fait pour aimer! Cécilia n'est pas ma mère. Il peut lui arriver d'aimer demain quelqu'un plus que moi, toi, par exemple! Fi donc! moi, amoureux d'une femme qui ne m'aimerait point! j'en mourrais de rage! Je ne t'en voudrais pas, à toi, Salentini; mais elle? je la jetterais du haut de son château sur le pavé pour lui faire voir le cas que je fais de sa personne et de sa fortune!

Je fus effrayé de l'expression de sa figure. Le Célio que j'avais connu à Vienne reparaissait tout entier et me jetait dans une stupéfaction douloureuse. Il s'en aperçut, sourit et me dit:--Je crois que je redeviens méchant! Allons rejoindre la famille, cela se dissipera. Parfois mes nerfs me jouent encore de mauvais tours. Tiens, j'ai froid! Allons-nous-en. Il prit mon bras et rentra en courant.

A deux heures, toute la famille se réunit dans le grand salon. Le marquis donna, comme de coutume, à ses gens, l'ordre qu'on ne le dérangeât plus jusqu'au dîner, à moins d'un motif important, et que, dans ce cas, on sonnât la cloche du château pour l'avertir. Puis il demanda aux jeunes filles si elles avaient pris l'air et surveillé la maison; à Benjamin, s'il avait travaillé, et, quand chacun lui eut rendu compte de l'emploi de sa matinée:--C'est bien, dit-il; la première condition de la liberté et de la santé morale et intellectuelle, c'est l'ordre dans l'arrangement de la vie; mais, hélas! pour avoir de l'ordre, il faut être riche. Les malheureux sont forcés de ne jamais savoir ce qu'ils feront dans une heure! A présent, mes chers enfants, vive la joie! La journée d'affaires et de soucis est terminée; la soirée de plaisir et d'art commence. Suivez-moi.

Il tira de sa poche une grande clé, et l'éleva en l'air, aux rires et aux acclamations des enfants. Puis, nous nous dirigeâmes avec lui vers l'aile du château où était situé le théâtre. On ouvrit la porte d'ivoire, comme l'appelait le marquis, et on entra dans le sanctuaire des songes, après s'y être enfermés et barricadés d'importance.

Le premier soin fut de ranger le théâtre, d'y remettre de l'ordre et de la propreté, de réunir, de secouer et d'étiqueter les costumes abandonnés à la hâte, la nuit précédente, sur des fauteuils. Les hommes balayaient, époussetaient, donnaient de l'air, raccommodaient les accrocs faits au décor, huilaient les ferrures, etc. Les femmes s'occupaient des habits; tout cela se fit avec une exactitude et une rapidité prodigieuses, tant chacun de nous y mit d'ardeur et de gaieté. Quand ce fut fait, le marquis réunit sa couvée autour de la grande table qui occupait le milieu du parterre, et l'on tint conseil. On remit les manuscrits de Don Juan à l'étude, on y fit rentrer des personnages et des scènes éliminés la veille; on se consulta encore sur la distribution des rôles. Célio revint à celui de don Juan, il demanda que certaines scènes fussent chantées. Béatrice et son jeune frère demandèrent à improviser un pas de danse dans le bal du troisième acte. Tout fut accordé. On se permettait d'essayer de tout; mais, à mesure qu'on décidait quelque chose, on le consignait sur le manuscrit, afin que l'ordre de la représentation ne fût pas troublé.

Ensuite Célio envoya Stella lui chercher diverses perruques à longs cheveux. Il voulait assombrir un peu son caractère et sa physionomie. Il essaya une chevelure noire.--Tu as tort de le faire brun, si tu veux être méchant, lui dit Boccaferri (qui reprenait son ancien nom derrière la porte d'ivoire). C'est un usage classique de faire les traîtres noirs et à tous crins, mais c'est un mensonge banal. Les hommes pâles de visage et noirs de barbe sont presque toujours doux et faibles. Le vrai tigre est fauve et soyeux.

--Va pour la peau du lion, dit Célio en prenant sa perruque de la veille, mais ces noeuds rouges m'ennuient; cela sent le tyran de mélodrame. Mesdemoiselles, faites-moi une quantité de canons couleur de feu. C'était le type du roué au temps de Molière.

--En ce cas, rends-nous ton noeud cerise, ton beau noeud d'épée! dit Stella.

--Qu'en veux-tu faire?

--Je veux le conserver pour modèle, dit-elle en souriant avec malice, car c'est toi qui l'as fait, et toi seul au monde sais faire les noeuds. Tu y mets le temps, mais quelle perfection! N'est-ce pas? ajouta-t-elle en s'adressant à moi et en me montrant ce même noeud cerise que j'avais ramassé la veille, comment le trouvez-vous?

Le ton dont elle me fit cette question et la manière dont elle agita ce ruban devant mon visage me troublaient un peu. Il me sembla qu'elle désirait me voir m'en emparer, et je fus assez vertueux pour ne pas le faire. La Boccaferri me regardait. Je vis rougir la belle Stella; elle laissa tomber le noeud et marcha dessus, comme par mégarde, tout en feignant de rire d'autre chose.

Célio était brusque et impérieux avec ses soeurs, quoiqu'il les adorât au fond de l'âme, et qu'il eût pour elles mille tendres sollicitudes. Il avait vu aussi ce singulier petit épisode.--Allons donc, paresseuses! cria-t-il à Stella et à Béatrice, allez me chercher trente aunes de rubans couleur de feu! J'attends!--Et quand elles furent entrées dans le magasin, il ramassa le noeud cerise, et me la donna à la dérobée, en me disant tout bas:--Garde-le en mémoire de Béatrice; mais si l'une ou l'autre est coquette avec toi, corrige-les et moque-toi d'elles. Je te demande cela comme à un frère.

Les préparatifs durèrent jusqu'au dîner, qui fut assez sérieux. On reprenait de la gravité devant les domestiques, qui portaient le deuil de l'ancien marquis sur leurs habits, faute de le porter dans le coeur. Et d'ailleurs, chacun pensait à son rôle, et M. de Balma disait une chose que j'ai toujours sentie vraie: les idées s'éclaircissent et s'ordonnent durant la satisfaction du premier appétit.

Au reste on mangeait vite et modérément à sa table. Il disait familièrement que l'artiste qui mange est à moitié cuit. On savourait le café et le cigare, pendant que les domestiques levaient le couvert et effectuaient leur sortie finale des appartements et de la maison. Alors on faisait une ronde, on fermait toutes les issues. Le marquis criait: Mesdames les actrices, à vos loges! On leur donnait une demi-heure d'avance sur les hommes; mais Cécilia n'en profitait pas. Elle resta avec nous dans le salon, et je remarquai qu'elle causait tout bas dans un coin avec Célio.

Il me sembla qu'au sortir de cet entretien, Célio était d'une gaieté arrogante, et Cécilia d'une mélancolie résignée; mais cela ne prouvait pas grand'chose: chez lui, les émotions étaient toujours un peu forcées; chez elle, elles étaient si peu manifestées, que la nuance était presque insaisissable.

A huit heures précises, la pièce commença. Je craindrais d'être fastidieux en la suivant dans ses détails, mais je dois signaler que, à ma grande surprise, Cécilia fut admirable et atroce de jalousie dans le rôle d'Elvire. Je ne l'aurais jamais cru; cette passion semblait si ennemie de son caractère! J'en fis la remarque dans un entr'acte.--Mais c'est peut-être pour cela précisément, me dit-elle.... Et puis, d'ailleurs, que savez-vous de moi?

Elle dit ce dernier mot avec un ton de fierté qui me fit peur. Elle semblait mettre tout son orgueil à n'être pas devinée. Je m'attachai à la deviner malgré elle, et cela assez froidement. Boccaferri loua Célio avec enthousiasme; il pleurait presque de joie de l'avoir vu si bien jouer. Le fait est qu'il avait été le plus froid, le plus railleur, le plus pervers des hommes.--C'est grâce à toi, dit-il à la Boccaferri; tu es si irritée et si hautaine, que tu me rends méchant. Je me fais de glace devant tes reproches, parce que je me sens poussé à bout et prêt à éclater. Tiens! ma vieille, tu devrais toujours être ainsi; je reprendrais les forces que m'ôtent ta bonté et ta douceur accoutumées.

--Eh bien, répondit-elle, je ne te conseille pas de jouer souvent ces rôles-là avec moi: je t'y rendrais des points.

Il se pencha vers elle, et, baissant la voix:--Serais-tu capable d'être la femelle d'un tigre? lui dit-il.

--Cela est bon pour le théâtre, répondit-elle (et il me sembla qu'elle parlait exprès de manière à ce que je ne perdisse pas sa réponse). Dans la vie réelle, Célio, je mépriserai un usage si petit, si facile et si niais de ma force. Pourquoi suis-je si méchante, ici dans ce rôle? C'est que rien n'est plus aisé que l'affectation. Ne sois donc pas trop vain de ton succès d'aujourd'hui. La force dans l'excitation, c'est le pont aux ânes! La force dans le calme.... Tu y viendras peut-être, mais tu n'y es pas encore. Essaie de faire Ottavio, et nous verrons!

--Vous êtes une comédienne fort acerbe et fort jalouse de son talent! dit Célio en se mordant les lèvres si fort, que sa moustache rousse, collée à sa lèvre, tomba sur son rabat de dentelle.

--Tu perds ton poil de tigre, lui dit tranquillement la Boccaferri en rattrapant la moustache; tu as raison de faire une peau neuve!

--Vous croyez que vous opérerez ce miracle?

--Oui, si je veux m'en donner la peine, mais je ne le promets pas.

Je vis qu'ils s'aimaient sans vouloir se l'avouer à eux-mêmes, et je regardai Stella, qui était belle comme un ange en me présentant un masque pour la scène du bal. Elle avait cet air généreux et brave d'une personne qui renonce à vous plaire sans renoncer à vous aimer. Un élan de coeur, plein de vaillance, qui ne me permit pas d'hésiter, me fit tirer de mon sein le noeud cerise que j'y avais caché, et je le lui montrai mystérieusement. Tout son courage l'abandonna; elle rougit, et ses yeux se remplirent de larmes. Je vis que Stella était une sensitive, et que je venais de me donner pour jamais ou de faire une lâcheté. Dès ce moment, je ne regardai plus en arrière, et je m'abandonnai tout entier au bonheur, bien nouveau pour moi, d'être chastement et naïvement aimé.

Je faisais le rôle d'Ottavio, et je l'avais fort mal joué jusque-là. Je pris le bras de ma charmante Anna pour entrer en scène, et je trouvai du coeur et de l'émotion pour lui dire mon amour et lui peindre mon dévouement.

A la fin de l'acte, je fus comblé d'éloges, et Cécilia me dit en me tendant la main:--Toi, Ottavio, tu n'as besoin des leçons de personne, et tu en remontrerais à ceux qui enseignent.--Je ne sais pas jouer la comédie, lui répondis-je, je ne le saurai jamais. C'est parce qu'on ne la joue pas ici que j'ai dit ce que je sentais.

XIV.
CONCLUSION.

Je montai dans la loge des hommes pour me débarrasser de mon domino. A peine y étais-je entré, que Stella vint résolument m'y rejoindre. Elle avait arraché vivement son masque; sa belle chevelure blond-cendré, naturellement ondée, s'était à demi répandue sur son épaule. Elle était pâle, elle tremblait; mais c'était une âme éminemment courageuse, quoique elle agît par expansion spontanée et d'une manière tout opposée, par conséquent, à celle de la Boccaferri.

--Adorno Salentini, me dit-elle en posant sa main blanche sur mon épaule, m'aimez-vous?

Je fus entièrement vaincu par cette question hardie, faite avec un effort évidemment douloureux et le trouble de la pudeur alarmée.

Je la pris dans mes bras et je la serrai contre ma poitrine.

--Il ne faut pas me tromper, dit-elle en se dégageant avec force de mon étreinte. J'ai vingt-deux ans; je n'ai pas encore aimé, moi, et je ne dois pas être trompée. Mon premier amour sera le dernier, et, si je suis trahie, je n'essaierai pas de savoir si j'ai la force d'aimer une seconde fois: je mourrai. C'est là le seul courage dont je me sente capable. Je suis jeune, mais l'expérience des autres m'a éclairée. J'ai beaucoup rêvé déjà, et, si je ne connais pas le monde, je me connais du moins. L'homme qui se jouera d'une âme comme la mienne, ne pourra être qu'un misérable, et, s'il en vient là, il faudra que je le haïsse et que je le méprise. La mort me semble mille fois plus douce que la vie, après une semblable désillusion.

--Stella, lui répondis-je, si je vous dis ici que je vous aime, me croirez-vous? Ne me mettrez-vous pas à l'épreuve avant de vous fier aveuglément à la parole d'un homme que vous ne connaissez pas?

--Je vous connais, répondit-elle. Célio, qui n'estime personne, vous estime et vous respecte; et, d'ailleurs, quand même je n'aurais pas ce motif de confiance, je croirais encore à votre parole.

--Pourquoi?

--Je ne sais pas, mais cela est ainsi.

--Donc vous m'aimez, vous?

Elle hésita un instant, puis elle dit:

--Écoutez! je ne suis pas pour rien la fille de la Floriani. Je n'ai pas la force de ma mère, mais j'ai son courage; je vous aime.

Cette bravoure me transporta. Je tombai aux pieds de Stella, et je les baisai avec enthousiasme.--C'est la première fois, lui dis-je, que je me mets aux genoux d'une femme, et c'est aussi la première fois que j'aime. Je croyais pourtant aimer Cécilia, il y a une heure, je vous dois cette confession; mais ce que je cherche dans la femme, c'est le coeur, et j'ai vu que le sien ne m'appartenait pas. Le vôtre se donne à moi avec une vaillance qui me pénètre et me terrasse. Je ne vous connais pas plus que vous ne me connaissez, et voilà que je crois en vous comme vous croyez en moi. L'amour, c'est la foi; la foi rend téméraire, et rien ne lui résiste. Nous nous aimons, Stella, et nous n'avons pas besoin d'autre preuve que de nous l'être dit. Voulez-vous être ma femme?

--Oui, répondit-elle, car moi, je ne puis aimer qu'une fois, je vous l'ai dit.

--Sois donc ma femme, m'écriai-je en l'embrassant avec transport. Veux-tu que je te demande à ton frère tout de suite?

--Non, dit-elle en pressant mon front de ses lèvres avec une suavité vraiment sainte. Mon frère aime Cécilia, et il faut qu'il devienne digne d'elle. Tel qu'il est aujourd'hui, il ne l'aime pas encore assez pour la mériter. Laisse lui croire encore que tu prétends être son rival. Sa passion a besoin d'une lutte pour se manifester à lui-même. Cécilia l'aime depuis longtemps. Elle ne me l'a pas dit, mais je le sais bien. C'est à elle que tu dois me demander d'abord, car c'est elle que je regarde comme ma mère.

--J'y vais tout de suite, répondis-je.

--Et pourquoi tout de suite? Est-ce que tu crains de te repentir si tu prends le temps de la réflexion?

--Je te prouverai le contraire, fille généreuse et charmante! je ne ferai que ce que tu voudras.

On nous appela pour commencer l'acte suivant. Célio, qui surveillait ordinairement d'un oeil inquiet et jaloux le moindre mouvement de ses soeurs, n'avait pas remarqué notre absence. Il était en proie à une agitation extraordinaire. Son rôle paraissait l'absorber. Il le termina de la manière la plus brillante, ce qui ne l'empêcha pas d'être sombre et silencieux pendant le souper et l'intéressante causerie du marquis, qui se prolongea jusqu'à trois heures du matin.

Je m'endormis tranquille, et je n'eus pas le moindre retour sur moi-même, pas l'apparence d'inquiétude, d'hésitation ou de regret, en m'éveillant. Je dois dire que, dès le matin du jour précédent, les deux cent mille livres de rente de mademoiselle de Balma m'avaient porté comme un coup de massue. Epouser une fortune ne m'allait point et dérangeait les rêves et l'ambition de toute ma vie, qui était de faire moi-même mon existence et d'y associer une compagne de mon choix, prise dans une condition assez modeste pour qu'elle se trouvât riche de mon succès.

D'ailleurs, je suis ainsi fait, que l'idée de lutter contre un rival à chances égales me plaît et m'anime, tandis que la conscience de la moindre infériorité dans ma position, sur un pareil terrain, me refroidit et me guérit comme par miracle. Est-ce prudence ou fierté? je l'ignore; mais il est certain que j'étais, à cet égard, tout l'opposé de Célio, et, qu'au lieu de me sentir acharné, par dépit d'amour-propre, à lui disputer sa conquête, j'éprouvais un noble plaisir à les rapprocher l'un de l'autre en restant leur ami.

Cécilia vint me trouver dans la journée.--Je vais vous parler comme à un frère, me dit-elle. Quelques mots de Célio tendraient à me faire croire que vous êtes amoureux de moi, et moi, je ne crois pas que vous y songiez maintenant. Voilà pourquoi je viens vous ouvrir mon coeur.

«Je sais qu'il y a deux mois, lorsque vous m'avez connue dans un état voisin de la misère, vous avez songé à m'épouser. J'ai vu là la noblesse de votre âme, et cette pensée que vous avez eue vous assure à jamais mon estime! et, plus encore, une sorte de respect pour votre caractère.»

Elle prit ma main et la porta contre son coeur, où elle la tint pressée un instant avec une expression à la fuis si chaste et si tendre, que je pliai presque un genou devant elle.

--Écoutez, mon ami, reprit-elle sans me donner le temps de lui répondre, je crois que j'aime Célio! voilà pourquoi, en vous faisant cet aveu, je crois avoir le droit de vous adresser une prière humble et fervente au nom de l'affection la plus désintéressée qui fut jamais: fuyez la duchesse de; détachez-vous d'elle, ou vous êtes perdu!

--Je le sais, répondis-je, et je vous remercie, ma chère Cécilia, de me conserver ce tendre intérêt; mais ne craignez rien, ce lien funeste n'a pas été contracté; votre douce voix, une inspiration de votre coeur généreux et quatre phrases du divin Mozart m'en ont à jamais préservé.

--Vous les avez donc entendues? Dieu soit loué!

- Oui, Dieu soit loué! repris-je, car ce chant magique m'a attiré jusqu'ici à mon insu, et j'y ai trouvé le bonheur.

Cécilia me regarda avec surprise.

--Je m'expliquerai tout à l'heure, lui dis-je; mais, vous, vous avez encore quelque chose à me dire, n'est-ce pas?

--Oui, répondit-elle, je vous dirai tout, car je tiens à votre estime, et, si je ne l'avais pas, il manquerait quelque chose au repos de ma conscience. Vous souvenez-vous qu'à Vienne, la dernière fois que nous nous y sommes vus, vous m'avez demandé si j'aimais Célio?

--Je m'en souviens parfaitement, ainsi que de votre réponse, et vous n'avez pas besoin de vous expliquer davantage, Cécilia. Je sais fort bien que vous fûtes sincère en me disant que vous n'y songiez pas, et que votre dévouement pour lui prenait sa source dans les bienfaits de la Floriani. Je comprends ce qui s'est passé en vous depuis ce jour-là, parce que je sais ce qui s'est passé en lui.

--Merci, ô merci! s'écria-t-elle attendrie; vous n'avez pas douté de ma loyauté?

--Jamais.

--C'est le plus grand éloge que vous puissiez commander pour la vôtre; mais, dites-moi, vous croyez donc qu'il m'aime?

--J'en suis certain.

--Et moi aussi, ajouta-t-elle avec un divin sourire et une légère rougeur. Il m'aime, et il s'en défend encore; mais son orgueil pliera, et je serai sa femme, car c'est là toute l'ambition de mon âme, depuis que je suis *dama e comtessa garbata*. Lorsque vous m'interrogiez, Salentini, je me croyais pour toujours obscure et misérable. Comment n'aurais-je pas refoulé au plus profond de mon sein la seule pensée d'être la femme du brillant Célio, de ce jeune ambitieux à qui l'éclat et la richesse sont des éléments de bonheur et des conditions de succès indispensables? J'aurais rougi de m'avouer à moi-même que j'étais émue en le voyant; il ne l'aurait jamais su; je crois que je ne le savais pas moi-même, tant j'étais résolue à n'y pas prendra garde, et tant j'ai l'habitude et le pouvoir de me maîtriser.

«Mais ma fortune présente me rend la jeunesse, la confiance et le droit. Voyez-vous, Célio n'est pas comme vous. Je vous ai bien devinés tous deux. Vous êtes calme, vous êtes patient, vous êtes plus fort que lui, qui n'est qu'ardent, avide et violent. Il ne manque ni de fierté ni de désintéressement; mais il est incapable de se créer tout seul l'existence large et brillante qu'il rêve, et qui est nécessaire au développement de ses facultés. Il lui faut la richesse tout acquise, et je lui dois cette richesse. N'est-ce pas, je dois cela au fils de Lucrezia? et, quand même je vous aurais aimé, Salentini, quand même le caractère effrayant de Célio m'inspirerait des craintes sérieuses pour mon bonheur, j'ai une dette sacrée à payer.

--J'espère, lui dis-je, en souriant, que le sacrifice n'est pas trop rude. En ce qui me concerne, il est nul, et votre supposition n'est qu'une consolation gratuite dont je n'aurai pas la folie de faire mon profit. En ce qui concerne Célio, je crois que vous êtes plus forte que lui, et que vous caresserez le jeune tigre d'une main calme et légère.

--Ce ne sera peut-être pas toujours aussi facile que vous croyez, répondit-elle; mais je n'ai pas peur, voilà ce qui est certain. Il n'y a rien de tel pour être courageux que de se sentir disposé, comme je le suis, à faire bon marché de son propre bonheur et de sa propre vie; mais je ne veux pas me faire trop valoir. J'avoue que je suis secrètement enivrée, et que ma bravoure est singulièrement récompensée par l'amour qui parle en moi. Aucun homme ne peut me sembler beau auprès de celui qui est la vivante image de Lucrezia; aucun nom illustre et cher à porter auprès de celui de Floriani.

--Ce nom est si beau en effet, qu'il me fait peur, répondis-je. Si toutes celles qui le portent allaient refuser de le perdre!

--Que voulez-vous dire? je ne vous comprends pas.

Je lui fis alors l'aveu de ce qui s'était passé entre Stella et moi, et je lui demandai la main de sa fille adoptive. La joie de cette généreuse femme fut immense; elle se jeta à mon cou et m'embrassa sur les deux joues. Je la vis enfin ce jour-là telle qu'elle était, expansive et maternelle dans ses affections, autant qu'elle était prudente et mystérieuse avec les indifférents.

--Stella est un ange, me dit-elle, et le ciel vous a mille fois béni en vous inspirant cette confiance subite en sa parole. Je la connais bien, moi, et je sais que, de tous les enfants de Floriani, c'est celle qui a vraiment hérité de la plus précieuse vertu de sa mère, le dévouement. Il y a longtemps qu'elle est tourmentée du besoin d'aimer, et ce n'est pas l'occasion qui lui a manqué, croyez-le bien; mais cette âme romanesque et délicate n'a pas subi l'entraînement des sens qui ferme parfois les yeux aux jeunes filles. Elle avait un idéal, elle le cherchait et savait l'attendre. Cela se voit bien à la fraîcheur de ses joues et à la pureté de ses paupières; elle l'a trouvé enfin, celui qu'elle a rêvé! Charmante Stella, exquise nature de femme, ton bonheur m'est encore plus cher que le mien!

La Boccaferri prit encore ma main, la serra dans les siennes, et fondit en larmes en s'écriant: «O Lucrezia! réjouis-toi dans le sein de Dieu!»

Célio entra brusquement, et, voyant Cécilia si émue et assise tout près de moi, il se retira en refermant la porte avec violence. Il avait pâli, sa figure était décomposée d'une manière effrayante. Toutes les furies de l'enfer étaient entrées dans son sein.

--Qu'il dise après cela qu'il ne t'aime pas! dis-je à la Boccaferri. Je la fis consentir à laisser subir encore un peu cette souffrance au pauvre Célio, et nous allâmes trouver ma chère Stella pour lui faire part de notre entretien.

Stella travaillait dans l'intérieur d'une tourelle qui lui servait d'atelier. Je fus étrangement supris de la trouver occupée de peinture, et de voir qu'elle avait un talent réel, tendre, profond, délicieusement vrai pour le paysage, les troupeaux, la nature pastorale et naïve.--Vous pensiez donc, me dit-elle en voyant mon ravissement, que je voulais me faire comédienne? Oh, non! je n'aime pas plus le public que ne l'a aimé notre Cécilia, et jamais je n'aurais le courage d'affronter son regard. Je joue ici la comédie comme Cécilia et son père la jouent; pour aider à l'oeuvre collective qui sert à l'éducation de Célio, peut-être à celle de Béatrice et de Salvator, car les deux Bambini ont aussi jusqu'à présent la passion du théâtre; mais vous n'avez pas compris notre cher maître Boccaferri, si vous croyez qu'il n'a en vue que de nous faire débuter. Non, ce n'est pas là sa pensée. Il pense que ces essais dramatiques, dans la forme libre que nous leur donnons, sont un exercice salutaire au développement synthétique (je me sers de son mot) de nos facultés d'artiste, et je crois bien qu'il a raison, car depuis que nous faisons cette amusante étude je me sens plus peintre et plus poëte que je ne croyais l'être.

--Oui, il a mille fois raison, répondis-je, et le coeur aussi s'ouvre à la poésie, à l'effusion, à l'amour, dans cette joyeuse et sympathique épreuve: je le sens bien, ô ma Stella, pour deux jours que j'ai passés ici! Partout ailleurs, je n'aurais point osé vous aimer si vite, et, dans cette douce et bienfaisante excitation de toutes mes facultés, je vous ai comprise d'emblée, et j'ai éprouvé la portée de mon propre coeur.

Cécilia me prit par le bras et me fit entrer dans la chambre de Stella et de Béatrice, qui communiquait avec cette même tourelle par un petit couloir. Stella rougissait beaucoup, mais elle ne fit pas de résistance. Cécilia me conduisit en face d'un tableau placé dans l'alcôve virginale de ma jeune amante, et je reconnus une Madoneta col Bambino que j'avais peinte et vendue à Turin deux ans auparavant à un marchand de tableaux. Cela était fort naïf, mais d'un sentiment assez vrai pour que je pusse le revoir sans humeur. Cécilia l'avait acheté, à son dernier voyage, pour sa jeune amie, et alors on me confessa que, depuis deux mois, Stella, en entendant parler souvent de moi aux Boccaferri et à Célio, avait vivement désiré me connaître. Cécilia avait nourri d'avance, et sans le lui dire, la pensée que notre union serait un beau rêve à réaliser. Stella semblait l'avoir deviné.

--Il est certain, me dit-elle, que lorsque je vous ai vu ramasser le noeud cerise, j'ai éprouvé quelque chose d'extraordinaire que je ne pouvais m'expliquer à moi-même; et que, quand Célio est venu nous dire, le lendemain, que le ramasseur de rubans, comme il vous appelait, était encore dans le village, et se nommait Adorno Salentini, je me suis dit, follement peut-être, mais sans douter de la destinée, que la mienne était accomplie.

Je ne saurais exprimer dans quel naïf ravissement me plongea ce jeune et pur amour d'une fille encore enfant par la fraîcheur et la simplicité, déjà femme par le dévouement et l'intelligence. Lorsque la cloche nous avertit de nous rendre au théâtre, j'étais un peu fou. Célio vit mon bonheur dans mes yeux, et ne le comprenant pas, il fut méchant et brutal à faire plaisir. Je me laissai presque insulter par lui; mais le soir j'ignore ce qui s'était passé. Il me parut plus calme et me demanda pardon de sa violence, ce que je lui accordai fort généreusement.

Je dirai encore quelques mots de notre théâtre avant d'arriver au dénoûment, que le lecteur sait d'avance. Presque tous les soirs nous entreprenions un nouvel essai. Tantôt c'était un opéra: tous les acteurs étant bons musiciens, même moi, je l'avoue humblement et sans prétention, chacun tenait le piano alternativement. Une autre fois, c'était un ballet; les personnes sérieuses se donnaient à la pantomime, les jeunes gens dansaient d'inspiration, avec une grâce, un abandon et un entrain qu'on eût vainement cherchés dans les poses étudiées du théâtre. Boccaferri était admirable au piano dans ces circonstances. Il s'y livrait aux plus brillantes fantaisies, et, comme s'il eût dicté impérieusement chaque geste, chaque intention de ses personnages, il les enlevait, les excitait jusqu'au délire ou les calmait jusqu'à l'abattement, au gré de son inspiration. Il les soumettait ainsi au scénario, car la pantomime dont il était le plus souvent l'auteur, avait toujours une action bien nettement développée et suivie.

D'autres fois, nous tentions un opéra comique, et il nous arriva d'improviser des airs, même des choeurs, qui le croirait? où l'ensemble ne manqua pas, et où diverses réminiscences d'opéras connus se lièrent par des modulations individuelles promptement conquises et saisies de tous. Il nous prenait parfois fantaisie de jouer de mémoire une pièce dont nous n'avions pas le texte et que nous nous rappelions assez confusément. Ces souvenirs indécis avaient leur charme, et, pour les enfants qui ne connaissaient pas ces pièces, elles avaient l'attrait de la création. Ils les concevaient, sur un simple exposé préliminaire, autrement que nous, et nous étions tout ravis de leur voir trouver d'inspiration des caractères nouveaux et des scènes meilleures que celles du texte.

Nous avions encore la ressource de faire de bonnes pièces avec de fort mauvaises. Boccaferri excellait à ce genre de découvertes. Il fouillait dans sa bibliothèque théâtrale, et trouvait un sujet heureux à exploiter dans une vieillerie mal conçue et mal exécutée.

--Il n'est si mauvaise oeuvre tombée à plat, disait-il, où l'on ne trouve une idée, un caractère ou une scène dont on peut tirer un bon parti. Au théâtre, j'ai entendu siffler cent ouvrages qui eussent été applaudis, si un homme intelligent eût traité le même sujet. Fouillons donc toujours, ne doutons de rien, et soyez sûrs que nous pourrions aller ainsi pendant dix ans et trouver tout les soirs matière à inventer et à développer.

Cette vie fut charmante et nous passionna tous à tel point, que cela eût semblé puéril et quasi insensé à tout autre qu'à nous. Nous ne nous blasions point sur notre plaisir, parce que la matinée entière était donnée à un travail plus sérieux. Je faisais de la peinture avec Stella; le marquis et sa fille remplissaient assidûment les devoirs qu'ils s'étaient imposés; Célio faisait l'éducation littéraire et musicale de son jeune frère et de notre petite soeur Béatrice, à laquelle aussi on me permettait de donner quelques leçons. L'heure de la comédie arrivait donc comme une récréation toujours méritée et toujours nouvelle. La porte d'ivoire s'ouvrait toujours comme le sanctuaire de nos plus chères illusions.

Je me sentais grandir au contact de ces fraîches imaginations d'artistes dont le vieux Boccaferri était la clé, le lien et l'âme. Je dois dire que Lucrezia Floriani avait bien connu et bien jugé cet homme, le plus improductif et le plus impuissant des membres de la société officielle, le plus complet, le plus inspiré, le plus artiste enfin des artistes. Je lui dois beaucoup, et je lui en conserverai au delà du tombeau une éternelle reconnaissance. Jamais je n'ai entendu parler avec autant de sens, de clarté, de profondeur et de délicatesse sur la peinture. En barbouillant de grossiers décors (car il peignait fort mal), il épanchait dans mon sein un flot d'idées lumineuses qui fécondaient mon intelligence, et dont je sentirai toute ma vie la puissance génératrice.

Je m'étonnai que Célio devant épouser Cécilia et devenir riche et seigneur, les Boccaferri songeassent sérieusement à lui faire reprendre ses débuts: mais je le compris, comme eux, en étudiant son caractère, en reconnaissant sa vocation et la supériorité de talent que chaque jour faisait éclore en lui.--Les grands artistes dramatiques ne sont-ils pas presque toujours riches à une certaine époque de leur vie, me disait le marquis, et la possession des terres, des châteaux et même des titres les dégoûte-t-elle de leur art? Non. En général, c'est la vieillesse seule qui les chasse du théâtre, car ils sentent bien que leur plus grande puissance et leur plus vive jouissance est là. Eh bien, Célio commencera par où les autres finissent; il fera de l'art en grand, à son loisir; il sera d'autant plus précieux au public, qu'il se rendra plus rare, et d'autant mieux payé, qu'il en aura moins besoin. Ainsi va le monde.

Célio vivait dans la fièvre, et ces alternatives de fureur, d'espérance, de jalousie et d'enivrement développèrent en lui une passion terrible pour Cécilia, une puissance supérieure dans son talent. Nous lui laissâmes passer deux mois dans cette épreuve brûlante qu'il avait la force de supporter, et qui était, pour ainsi dire, l'élément naturel de son génie.

Un matin, que le printemps commençait à sourire, les sapins à se parer de pointes d'un vert tendre à l'extrémité de leurs sombres rameaux, les lilas bourgeonnant sous une brise attiédie, et les mésanges semant les fourrés de leurs petits cris sauvages, nous prenions le café sur la terrasse aux premiers rayons d'un doux et clair soleil. L'avocat de Briançon arriva et se jeta dans les bras de son vieux ami le marquis, en s'écriant: Tout est liquidé!

Cette parole prosaïque fut aussi douce à nos oreilles que le premier tonnerre du printemps. C'était le signal de notre bonheur à tous. Le marquis mit la main de sa fille dans celle de Célio, et celle de Stella dans la mienne. A l'heure où j'écris ces dernières lignes, Béatrice cueille des camélias blancs et des cyclamens dans la serre pour les couronnes des deux mariées. Je suis heureux et fier de pouvoir donner tout haut le nom de soeur à cette chère enfant, et maître Volabù vient d'entrer comme cocher au service du château.

FIN DU CHÂTEAU DES DÉSERTES.

Printed in Germany
by Amazon Distribution
GmbH, Leipzig